Respawn

리스폰 3

초판 1쇄 인쇄일 2015년 5월 21일 ㅣ **초판 1쇄 발행일** 2015년 5월 26일

지은이 베어문도넛 ㅣ **펴낸이** 곽중열 ㅣ **담당편집 팀장** 이범수
편집부 신연제 이윤아 김호성 김은경

펴낸곳 (주)조은세상 ㅣ 출판등록 제2002-23호
주소 경기도 연천군 미산면 청정로 1355
TEL 편집부 02)587-2966 ㅣ FAX 02)587-2922
e-mail bukdu@comics21c.co.kr

ⓒ베어문도넛 2015
ISBN 979-11-5832-064-5 ㅣ ISBN 979-11-5832-061-4(set) ㅣ 값 8,000원

Respawn

리스폰

3D FUSION FANTASY STORY & ADVENTURE

어문도넛 퓨전 판타지 장편소설

16강. 등정 … 7

17강. 트레져 헌터 … 57

18강. 탑의 정상으로 … 97

19강. 악몽 … 139

20강. 생존 … 181

21강. 바람의 정령 … 221

22강. 영혼을 단련하는 법 … 259

Respawn

NEO FUSION FANTASY STORY & ADVENTURE

Respawn

NEO FUSION FANTASY STORY & ADVENTURE

16장.
등정

16장.
등정

리스폰

하늘의 기둥은 굉장히 넓다.

이름의 유래부터가 하늘을 떠받치는 듯하다고 해서 하늘의 기둥이다. 겉으로 보이는 모습부터가 상상을 초월할 정도로 크다.

하지만 그 내부는 더 크다.

일반적으로는 이해할 수 없는 일이었다.

바깥보다 안이 더 크다니.

그러나 불가능한 일은 아니었다.

공간압축 마법.

마법사길드에서도 판매하는 공간압축상자에 기능하는 마법으로 공간을 압축해서 겉으로 보이는 것보다 더 큰 공간을 밀폐된 공간 내에 만드는 마법이었다.

하늘의 기둥, 드래곤들의 탑에는 기본적으로 이러한 마법이 걸려있다.

그것을 이해하고 알고 있던 시우도 지하 동굴 같은 1층을 통과해 2층으로 올라오는 순간 당황하는 기색을 감출 수가 없었다.

2층은 숲이다. 천장에는 그 수를 헤아릴 수 없는 마광구가 빼곡히 박혀있고 그 밑에는 끝이 보이지 않는 수해가 펼쳐져 있었다.

시우는 침음을 흘렸지만 이내 납득했다.

마법사 길드에서 여행물품으로 판매하는 공간압축상자와 같은 마법으로 이런 상식 파괴적인 위력을 발휘하는 드래곤이니까 다들 목숨을 걸고 사냥을 하려고 나서는 것이다.

드래곤의 이마에 박힌 어떤 예술품보다 아름다운 보석, 드래곤 하트.

그것을 손에 넣으면 하늘의 기둥과 비슷한 기능을 하는 건축물도 제작이 가능할 것이다. 물론 귀중한 드래곤 하트를 그런 쓸모없는 곳에 소모하지는 않을 테지만 말이다.

2층의 상상을 초월하는 광경에 루카와 데길은 잠시 대화를 나눈 후 결정을 내렸다.

"숲에 불을 지른다."

루카의 결정에 시우는 눈살을 찌푸렸다. 아무도 그 행동이 위험하다는 것을 지적하지 않고 있었다. 어쩔 수 없이 시우가 나섰다.

"숲에 불을 지른다면 거기서 나오는 연기는 어떻게 하죠?"

아무리 넓다지만 이곳은 밀폐된 공간이었다. 나무에 불을 질러 나오는 이산화탄소는 온전히 탑 내부에서 숨을 쉬는 자들이 감당해야할 리스크였다.

이산화탄소라는 개념이 이곳에는 없었지만 적어도 연기가 인체에 매우 해롭다는 것을 모르지는 않을 것이다.

시우의 말에 눈을 동그랗게 뜬 루카가 턱을 쓰다듬더니 고개를 끄덕였다.

"그것도 그렇군. 하마터면 큰 실수를 할 뻔했어. 자네 이름이 뭐지?"

"체슈입니다."

"그 이름 기억해두도록 하지."

준귀족이나 되는 자가 이름을 기억해준다. 그것은 대단한 영광이었지만 시우는 그러거나 말거나 상관이 없었다.

"혹시 자네에게 생각은 있는가?"

루카의 질문에 시우는 잠시 생각에 잠겼다가 대답했다.

"4인 1조로 조를 나눠 상층으로 올라갈 입구를 찾는 것이 좋을 듯합니다. 익시더, 마법사, 사제, 성기사로 한 개

조를 만들면 최소 인원으로 안전을 확보할 수 있을 것 같습니다."

102명밖에 되지 않는 인원을 다시 쪼갠다.

즉 리스크를 부담해서라도 2층을 빠르게 통과해야 한다는 것이 시우의 의견이었다. 드래곤을 사냥하기 위해서라면 피해를 최소화하며 최상층까지 올라가야하지만 드래곤을 사냥한다는 목적의식이 시우에겐 없었다.

최대한 빨리 탑을 올라 더욱 강한, 경험치를 많이 주는 층까지 올라가는 것이 시우의 목적이었다. 그래서 제안했다. 시우의 제안이 묵살당하더라도 시우가 손해 볼 것은 없었다.

그러나 루카는 시우의 생각이 매우 마음에 들었다.

애초에 숲에 불을 지르자고 한 것도 루카의 아이디어였다. 숲을 헤매는 것은 귀찮으니까. 숲에 불을 질러 그 안에 숨어있을 몬스터도 불에 타 죽어버리면 굳이 고생을 하지 않아도 상층으로 올라갈 수 있으리란 생각이었다.

그것이 어려운 이상 분업을 하자는 시우의 아이디어가 수고를 최소화하는 차선책임을 깨달은 것이다.

루카가 데길을 돌아보았다.

이 임무의 리더는 데길이었다. 루카의 독단으로 이야기를 진행할 수는 없었다.

"아직 2층이니 큰 위험은 없겠지."

하늘의 기둥은 높은 곳일수록 위험해진다는 사실을 염두에 두고 내린 선택이었다.

이 자리에 모인 자들은 모두 드래곤을 사냥하겠다고 모인 용사들이었다. 만일 이런 곳에서 죽는다고 한다면 그에게는 드래곤을 사냥할 능력이 없었다고밖에 할 수 없겠지.

일단 루카와 데길의 의견의 같으니 더 이상 주저할 일은 없었다.

시우의 의견대로 익시더, 마법사, 사제, 성기사로 4명이서 한 개조씩 조를 짰다.

그렇게 나뉜 탐색조는 총 24개조. 사제와 성기사가 각각 24명씩이기 때문에 25번째 조에는 사제도 성기사도 없었다. 그러나 그 점을 걱정하는 사람은 없었다. 애초에 탐색을 위해 조를 나눈다고는 해도 짐, 식량과 포션 등의 생필품들을 지킬 인원은 필요했다.

데길과 루카, 그리고 마법사 2명과 익시더 2명은 그렇게 2층 입구에서 짐을 지키며 기다리기로 결정을 내렸다.

"아무리 2층이라고 해도 경계를 게을리 하면 죽는 법. 조심에 또 조심을 기해 탐색을 개시한다. 또한 상층으로 올라갈 출구를 발견하면 일단 이곳으로 돌아올 것. 혹시 출구를 발견하지 못하더라도 6시간 이내에 이곳으로 돌아와 정보를 나누도록 하겠다."

시우는 한숨을 내쉬었다.

6시간이 긴 것 같지만 복귀할 시간까지 감안하면 활동 범위는 3시간밖에 되지 않았다. 숲은 굉장히 넓었다. 아무리 24개조로 나뉘어 탐색을 한다지만 활동범위가 고작 3시간이어선 출구를 발견할 수 있을지 알 수 없었다.

그러나 데길과 루카의 선택을 이해하지 못하는 건 아니었다.

지금 이곳은 천장에서 내리쬐는 마광구의 빛으로 마치 한낮과 같은 밝음이 유지되고 있지만 바깥은 밤이었다. 아마 육체능력이 비교적으로 부족한 마법사나 사제들은 벌써 체력적인 피로를 느끼고 있을지도 모를 일이었다.

마법사와 사제들의 능력은 정신력에서 나온다. 육체적 피로는 그러한 정신력을 저하시키고 판단력을 떨어트려 탐색조를 위험으로 몰아낼 가능성이 있었다.

앞으로 몇 층을 더 올라가야할지도 알 수 없는 상황에 체력관리를 허투루 하면 임무를 실패로 내모는 일이 되겠지.

아마 루카와 데길은 그것만큼은 피하자고 의견의 합치를 보았을 것이다.

시우는 익시더인 세리카와 마법사인 체슈에게 다가오는 두 명의 인물을 보았다.

하얀 사제복을 입은 소녀와 가죽갑옷 차림의 성기사.

둘에게는 공통점이 있었는데 가슴에 붉은 수실로 초승달 모양을 수놓았다는 것이었다.

죽음의 여신인 베헬라를 믿는 신자임을 나타내는 상징
이었다.

그들은 어쩐지 지금의 상황이 탐탁지 않은 것 같은 표정
이었다.

시우는 한숨을 내쉬었다.

이것은 계산하지 못했다.

시우는 게임틱한 사고방식으로 당연히 역할분담을 해서
성기사는 성력에서 기인하는 힘으로 적의 공격을 버티는
탱커, 익시더는 달려드는 몬스터를 처치할 근딜러, 마법사
는 하늘을 날거나 원거리 공격을 하는 몬스터를 처치할 원
딜러, 사제는 조원의 능력을 상승시키고 치료하는 버퍼 겸
힐러의 조합으로 탐색조를 짜자고 의견을 냈다.

이것 자체에 문제는 없었다. 이것은 최소한도 내에서 가
장 안정적인 역할분담이었다. 그러나 시우가 감안하지 못
한 변수는 성직자들과 용병들은 사이가 좋지 못하다는 것
이었다.

성직자들은 마력의 돌연변질에 의해 성력을 각성하고
교단이나 주변 인물들에게 특별대우를 받아왔다. 그야말
로 권력을 제외한 대우 자체로만 보자면 준귀족에 해당하
는 대단한 대우를 받아온 것이다.

그런 그들의 기준에서 보자면 용병들은 돈 따위에 목숨
을 거는 천한 평민이었다. 같은 평민이라도 용병과 성직자

사이에는 보이지 않는 벽이 있는 것이다.

용병들로서는 그들의 천시하는 눈빛에 당연히 반감이 들 수밖에 없었다. 이 자리에 모인 익시더와 마법사들은 용병이라는 직업을 가지고 있었지만 그 안에서도 사회적으로 인정받는 위치에 있는 강자들이었다.

고작 운 따위로 성력을 각성한 성직자들이 노력으로 실력을 갈고 닦아온 용병들을 무시하는 것은 용병의 입장에서 참을 수 없는 모욕이었다.

물론 시우와 세리카는 전혀 신경 쓰지 않았지만 용병과 한 팀을 짜게 된 성직자들의 입장에서 보자면 참 마음에 들지 않는 상황일 것이다.

하물며 그 따위 생각을 묘수라고 제안한 자가 눈앞에 있으니 성직자들의 기분이 좋을 수는 없을 것이다.

따라서 통성명은 없었다.

단순히 이름을 나눌 뿐 아니라 서로 어떤 것을 할 수 있고 어떤 것을 못하는지 자신을 소개하는 통성명을 용병들은 생존율을 높이는 수단으로 가장 중요하게 여기지만 성직자에겐 어떻든 상관이 없는 일이었던 것이다.

그렇다고 그들의 능력을 가늠할 방법이 없는 것은 아니었다.

시우는 그들을 타겟팅해 보았다.

이름-리즈알
레벨-11
종족-인간
칭호-베헬라 교단 소속 사제
[칭호 효과- 평민 이상, 준귀족 이하의 권력]

생명력 (116/116)
성력 (10,888/10,888)
원력 (?/?)

근력 : 22
순발력 : 22
체력 : 21
정신력 : 29

이름-데스크
레벨-55
종족-인간
칭호-베헬라 교단 소속 성기사
[칭호 효과- 평민 이상, 준귀족 이하의 권력]

생명력 (192/192)

성력 (5,409/5,409)

원력 (11/11)

근력 : 83

순발력 : 105

체력 : 97

정신력 : 18

시우는 내색하지 않으며 감탄했다.

리즈알은 겉으로 보기에는 16살이나 17살 정도로밖에 보이지 않는 어린 모습이었는데 엄청난 양의 성력을 보유하고 있었다.

아마 철이 들기도 전에 성력을 각성하고 교단에 스카우트되어 신언을 배우고 성력을 쌓는 것 외에는 아무것도 해오지 않았겠지.

시우는 성기사, 데스크를 보며 입을 열었다. 그의 능력도 부족함이 전혀 없었다.

"사제님은 성기사님께 맡기겠습니다."

데스크는 그런 시우의 말에 불쾌한 모양이었다.

"네놈이 지시하지 않아도 사제님은 내가 지킨다."

이로써 안심이었다. 시우의 조에서 레벨, 즉 육체능력이 뒤떨어지는 것은 리즈알 뿐이었다. 시우는 제 한 몸 건사할 능력이 되니 사제만 확실히 지킨다면 희생을 걱정할 필요는 없을 것이다.

시우가 그들의 능력을 확인하는 사이 24개의 탐색조가 숲을 향해 흩어졌다. 개중에 머리 회전이 되는 몇 개조는 벽을 훑어 좌우로 흩어졌다. 이 숲에는 벽을 제외하면 상층으로 올라갈 수단이 없었다. 만약 위로 올라갈 출구가 있다고 한다면 그것은 벽에 있을 것이다.

즉 벽을 훑어 계속 이동하면 언젠가는 출구가 나온다.

확실히 가망성이 있는 방법이었다.

만약 3시간이라는 활동 제한이 없었다면 말이다.

시우는 일단 주위를 살폈다.

다른 나무들보다 5미터는 더 높은 나무. 그것을 발견한 시우는 즉시 나무 위로 올랐다. 주위를 살피는 가장 좋은 방법은 높은 곳에서 내려다보는 것이었으니까.

그러나 나무 꼭대기에 올라온 시우는 한숨을 내쉬었다.

끝이 보이지 않았다.

당연한 이야기지만 행성은 둥글다.

그 사실을 아는 사람이라면 탁 트인 전망에서 보이는 지평선이 세상의 끝이 아님을 잘 안다.

그렇다면 자신의 위치에서 보이는 지평선까지의 거리는 얼마나 될까?

행성이 둥글다는 것을 아는 사람도 이것까지는 잘 알지 못하는 경우가 많다.

해변가에 서서 보이는 시선으로 수평선까지의 거리. 그 시야가 해발 2미터정도라고 한다면 수평선까지의 거리는 고작 5킬로미터에 불과하다.

조금 더 높은 곳으로 올라가 해발 50미터라고 해도 25 킬로미터가 보이지 않는다.

하물며 지상에서 15미터정도 높이의 나무위에서 본다한들 어디까지 보일까.

주위에 나무가 전혀 없다고 하더라도 15킬로미터도 보이지 않을 것이다. 우거진 숲, 주위의 나무보다 고작 5미터가 더 높을 뿐인 이곳에서 보이는 지평선이라야 8킬로미터까지 보이는 것이 한계였다.

숲은 넓었다.

나무의 꼭대기에 오른 시우의 시야로도 그 숲의 끝이 보이질 않았다.

시우는 일단 양쪽으로 펼쳐진 벽과의 거리를 확인하며 숲의 정중앙이 어딘지를 가늠하고 나무에서 뛰어내렸다.

"뭔가 보였어?"

세리카의 질문에 시우는 고개를 저었다.

"하지만 출구가 있을 것으로 짐작되는 방향은 잡았어."

시우의 말에 듣는 둥 마는 둥 하던 사제와 성기사도 눈을 동그랗게 뜨고 시우를 바라보았다. 만약 시우의 말이 사실이라면 이것은 공적이었다. 당연히 그들도 관심이 생길 수밖에 없었다.

시우는 생각했다.

만약 드래곤의 입장에서 숲에서 헤매보라고 굳이 고생을 해가며 탑 안에 정원을 구성했다면 그 출구는 어디에 있을까?

만약 시우라면 이렇게 생각할 것이다.

입구에서 가장 먼 곳.

원형의 숲, 입구에서 가장 먼 곳은 그럼 어디?

정답은 입구의 정 반대편, 즉 숲의 정중앙을 바로 돌파한 장소였다.

그것을 세리카에게 이야기하니 세리카도, 그리고 그것을 엿듣던 리즈알과 데스크도 고개를 끄덕였다. 매우 단순한 이치, 그러나 충분히 가능성이 있는 이야기였다.

"그럼 달려볼까? 시간이 촉박하다."

시우는 세리카에게 말을 하는 척하며 데스크를 쳐다보았다.

이제부터 속도를 낼 테니 사제를 부탁한다는 눈빛이었다.

용병을 천히 여기는 성직자에게 명령을 해봐야 반감만 살 테니 이렇게 은근히 신호를 보낼 수밖에 없었다.

데스크도 그것을 깨달았지만 쳇 하고 혀를 차며 리즈알을 등에 업었다.

아무리 용병의 의견에 따르는 것이 마음에 들지 않는다지만 시우의 의견을 듣고 그것이 공적을 쌓을 기회임을 깨달은 이상 반대 의견을 세워봐야 손해만 볼 뿐이다.

시우는 데스크의 행동에 크게 안심했다.

시우가 일부러 조를 나눠 탐색을 하자고 제안한 데에는 이유가 있었다.

이미 입구에서 나왔을 때 출구가 어딘지 짐작이 갔으니까.

그것을 루카나 데길에게 알려주지 않은 이유는 가장 먼저 출구를 찾기 위해서였다. 그것은 분명 공적이 될 수 있으니 좋은 아이디어였지만 시우가 원하는 것은 공적이 아니었다.

'만약 2층에 보스 몬스터가 있다면 그 놈은 어디에 있을까?'

답은 3층으로 올라가는 출구 앞. 보스 몬스터의 목적은 침입자가 위로 향하는 것을 저지하는 것이었으니까.

그리고 시우는 보스 몬스터를 홀로 사냥해 경험치를 쌓을 생각이었다.

그런 시우의 생각을 아는지 모르는지 세리카, 그리고 리즈알을 등에 업은 데스크가 그 뒤를 빠르게 따라오고 있었다.

숲은 어두웠다.

하늘 높은 곳, 천장에는 수많은 마광구들이 지상을 밝히고 있었지만 나무가 우거진 숲은 그 빛이 나무 아래까지 밝히도록 허락을 하지 않았다.

덕분에 시우는 마력을 약간 끌어올려 주위를 밝히며 달려야 했다.

잠깐 뒤를 돌아보았다. 체력 조절을 위해 전력질주는 하고 있지 않았지만 데스크는 리즈알을 등에 업고 있었다. 혹시 그 무게감에 뒤처지진 않았는지 확인하기 위해서였다.

그러나 데스크는 시우의 빠른 질주를 여유롭게 따라오고 있었다.

애초에 리즈알의 몸무게가 가벼웠기 때문이기도 하고 데스크의 스텟은 근력과 순발력, 체력이 적당하게 균형 잡혀있었다. 리즈알을 등에 업었다고 해서 체력을 안배하며 달리는 시우의 뒤에 따라붙지 못할 데스크가 아니었다.

시우는 안심하며 고개를 앞으로 돌렸다.

적이 나타났다.

적은 마치 바닥에서 솟아나듯 갑자기 나타났다.

1층에서도 보았던 해골 인형들.

덩치로 보아 쟈탄 해골인 모양이었다. 그러나 1층과는

다른 점이 있었다.

쟈탄 해골들의 손에 검과 방패, 그리고 창이 들려있었다.

1층에서 봤을 때는 무기 따위는 전혀 없어서 주먹질이나 몸을 밀어붙이는 전투방식밖에 취하지 못하던 놈들이었다.

그런 놈들이 두 팔로 거대한 방패를 지지하고 검과 창을 하나씩 쥐어 네 개의 팔을 최대한 활용하는 모습은 생전만큼이나 위협적이었다.

'레벨은?'

쟈탄 해골 전사 Lv.25

오랜 세월에 의해 녹슨 방패와 창검을 든 쟈탄 해골. 무장을 하긴 했으나 마법에 의해 조종을 당하는 한계에 의해 육체적인 능력은 생전에 비할 바가 아니다. 그러나 네 개의 팔을 적극 활용하는 무기술은 경계함이 옳을 듯하다.

"조무래기."

25레벨이라면 굳이 사냥을 할 필요도 없는 녀석들이었다.

상대를 해봐야 시간낭비.

시우는 달리는 속도를 늦추지 않고 손바닥을 마주 댄 채 앞으로 내밀었다. 그 상태로 마치 수풀을 가르듯 양손을 좌우로 벌리자 우르르 몰려오던 쟈탄 해골 전사들이 좌우로 주르륵 밀려났다.

녀석들의 사이로 마력을 집어넣어 마법의 척력으로 길을 튼 것이었다.

리즈알은 그것을 보고 깜짝 놀랐다.

찰나의 순간이었다. 수풀과 나무줄기에 가려 보이지도 않던 적이 나타난 찰나, 적들이 시우 일행들을 발견하고 반응하기도 전에 마력을 뿜어 길을 텄다.

엄청난 출력과 통제력이었다. 어느 사이에 마력을 뿜어내 적들 사이에 배치를 했는지 알 수 없었다.

그러나 리즈알이 시우의 실력에 대해 평가를 내리기도 전에 다음 적이 나타났다.

숲 속은 해골 전사들로 가득 차있는 모양이었다.

이번에는 카스탄 해골 전사. 레벨은 40.

아직 부족한 레벨이지만 버리기는 아까운 몬스터였다.

시우는 양손을 펼치며 드라고니스를 외웠다.

"〈불, 큰 불, 더 큰 불, 아주 큰 불. 내 앞길을 막는 적을 부수고 불태워라!〉"

시우의 양손에서 거대한 불길이 소용돌이치며 카스탄 해골 전사를 향해 몰아쳤다. 놈들은 방패를 앞세우며 시우의 마법을 막으려 했지만 몰아치는 기세가 태풍 못지않아 그들의 녹슨 방패로는 도저히 막을 수가 없었다.

방패가 꿰뚫리고 3미터 거구의 뼈다귀가 흩어지며 우수수 쏟아졌다.

시우의 마법 솜씨는 예술이었다.

리즈알도 신언을 외우면 저것보다 강력한 성법을 얼마든지 발휘할 수 있었지만 시우만큼 빠르게 기도문을 외울 수는 없었다.

아니 애초에 기도문을 외울 생각을 하기도 전에 시우의 마법은 완성이 되어 있었다.

리즈알의 날카로운 눈빛이 시우의 뒤통수에 꽂혔다.

시우의 능력이 출중한 것은 인정하나 왜인지 마음에 들지 않았다. 리즈알은 아직 어린 소녀였지만 이곳에는 싸우기 위해 온 것이었다. 단지 구경을 하려고 굳이 위험한 드래곤의 탑까지 찾아온 것은 아니었다.

계속해서 달려 나가는 사이 리즈알은 데스크의 등에 매달려 기도문을 외웠다.

"[베헬라께서 허락하신 권능으로 가치 없는 자에게 죽음의 불길을!]"

리즈알이 기도문을 마치자 성력이 스스로 움직여 리즈알의 머리 위에 붉은 불덩어리를 생성했다.

'저것이 성법.'

시우는 두 번째로 확인한 성법을 보면서 감탄했다.

시우는 지금까지 헨리가 사용한 기술 외에는 성법을 보

지 못했다. 그때는 아직 마력도 느끼지 못할 때였고 앞뒤 분간도 되지 않던 때라 그것이 얼마나 대단한 기술이었는지 몰랐다.

그러나 지금은 알 수 있었다. 성법은 놀라운 기술이었다. 리즈알은 체내에서 성력을 짜내지도, 구성도 하지 않았는데 기도문을 마치자 저절로 불덩어리가 만들어진 것이다.

그 불덩어리를 유지하고 적에게 명중시키는 것은 온전히 리즈알의 몫이긴 했지만 성법이 놀랍다는 사실에 변함은 없었다.

시우가 한눈을 파는 사이 새로운 적이 등장했다.

이번에는 5미터의 신장을 자랑하는 큰발톱이 해골 전사. 레벨은 56! 제법 짭짤한 경험치가 예상되는 몬스터였다.

그러나 놈은 시우가 마력을 끌어올리기도 전에 리즈알이 만들어놓은 불덩이에 의해 산산조각이 났다.

엄청난 속도로 날아간 불덩이는 큰발톱이 해골 전사가 들이민 방패 앞에서 크게 회전해 두개골을 박살낸 것이었다.

시우가 뒤를 돌아보니 리즈알이 '어떠냐!' 하는 시선으로 시우를 바라보고 있었다.

'그러고 보니 리즈알의 정신력이 29였나?'

큰발톱이 해골 전사를 노리고 날아간 불덩이의 속도가
예사롭지 않았다.

특히 도중에 궤도를 바꾸고 방패를 피해 머리를 노리는
통제력은 감탄사가 절로 나왔다.

시우는 피식 웃었다.

경험치를 빼앗기긴 했지만 기분은 나쁘지 않았다.

그러나 다시 성법을 준비하는 리즈알의 모습에 시우는
얼굴에서 웃음기를 지웠다.

기분은 나쁘지 않지만 더 이상 경험치를 빼앗길 생각은
없었다.

시우는 바닥을 박차고 뛰어오르며 부상 마법을 사용했
다. 시우의 발밑으로 작용하는 척력에 의해 시우의 몸이
붕 떠서 바닥을 미끄러지듯 앞으로 나아갔다. 이로써 마력
의 소모는 커졌지만 체력 안배를 할 걱정은 없었다.

마력이야 포션으로 회복하면 되는 문제니까.

"세리카. 이들을 부탁할게."

시우는 그 말만 남기고 폭발적으로 가속하며 저 멀리 숲
속으로 사라졌다. 그리고 연이어 폭발음이 터져 나왔다.

쿵! 쾅! 퍼퍼펑!

그 뒤 폭발음을 향해 뒤를 따르다 보면 산산조각이 난
뼛가루들이 바닥에 흩어져 있는 것을 볼 수 있었다.

"데스크! 좀 더 빨리 달릴 수는 없나요?"

"사제님! 이게 전속력입니다! 체력은 둘째 치고 성력은 안배를 해두지 않으면 여차할 때 위험할 수 있어요!"

안 그래도 성기사에게 육체 강화 성법을 걸려던 리즈알은 쳇 하고 크게 혀를 찼다.

"저 용병은 목숨이 열댓 개라도 되나보죠? 아니면 실컷 마력을 소모하고 뒤치다꺼리를 우리에게 맡길 속셈인가요?"

리즈알은 시우의 지인으로 보이는 세리카에게 신경질을 부렸다. 그도 그럴 것이 부상 마법도 그렇고 몬스터들을 박살내는 모습도 그렇고 마력의 낭비가 너무 심해 보였기 때문이었다.

시우가 마력을 전부 낭비해서 더 이상 마법을 쓸 수 없게 되면 그 뒤치다꺼리는 나머지 세 명이서 할 수밖에 없으니 리즈알이 화를 내는 것도 무리는 아니었다.

세리카가 차가운 눈빛으로 리즈알을 돌아보았다.

그 눈빛이 얼마나 차가운지 데스크가 저도 모르게 세리카와 거리를 둘 정도였다.

리즈알도 그 눈빛에 주눅이 들었다. 실력은 충분하지만 리즈알은 교단 내에서 생활하며 단련을 해왔을 뿐 경험이 부족했다. 수많은 몬스터, 심지어 사람을 죽인 경험도 있는 세리카의 강력한 눈빛에는 저항할 수 없었다.

"체슈도 다 생각이 있을 것이다."

세리카는 다시 앞을 내다보았다.

대단한 믿음이었다. 시우는 세리카에게도 마력회복 포션에 대해선 함구하고 있었다. 그녀에게 말한다고 어떤 도움이 되는 것도 아니고, 실수로 다른 곳에 새나가면 큰일이니까. 그럼에도 불구하고 세리카의 시우를 향한 믿음은 굉장히 견고한 것이었다.

그러나 데스크와 리즈알은 그런 세리카의 믿음 따위는 아무 상관이 없었다. 단지 용병주제에 세리카가 반말을 했다는 사실에 기분이 나빴을 뿐이었다.

시우가 부상 마법으로 앞서며 몬스터를 처치하고, 몬스터 한 마리 없는 안전한 숲 속을 일행이 뒤따르는 것이 2시간도 넘게 이어졌다.

리즈알은 고개를 갸웃거렸다. 뭔가 이상했다.

리즈알은 성력은 물론 마력을 감지하는 능력이 뛰어났다. 그런 그녀가 시우에게서 느낀 마력량은 정말 보잘 것 없는 것이었다. 그런데 시우는 2시간이 지난 지금도 쉬지 않고 몬스터들을 처치하고 있었다.

그게 가능할까?

사실 일만이나 되는 성력 포인트를 지닌 리즈알도 2시간이나 부상 마법을 유지하면 성력을 모두 고갈하고 기절을 하고 말 것이다. 아무리 척력을 발휘하는데 있어서 마력이 성력보다 효율이 좋다고는 하지만 내력의 양이 리즈알의 반도 안 되는 시우가 부상 마법을 2시간이나 유지한 다는 것이 가능한 일일까?

하물며 적을 처치하면서라니?

이해할 수 없는 일이었다.

'내가 착각을 했나?'

리즈알이 스스로를 의심할 지경이 되어서야 시우는 마법을 풀고 수풀에 몸을 숨겨 동료를 기다리고 있었다.

'그대로야.'

리즈알이 처음 느낀 마력량이 그대로 남아 있었다.

'나를 속였다?'

착각을 했다는 것보다는 가능성이 있는 일이었다. 그러나 그것이 의미하는 것은 시우의 실력이 리즈알의 실력을 한참이나 넘어간다는 사실이었다.

리즈알은 그 사실이 불쾌해 참을 수가 없었다.

그러나 몸을 숨기라는 수신호와 함께 시우가 가리키는 곳으로 시선을 돌린 리즈알은 불만을 토로할 기회를 놓치고 말았다.

출구다.

아니 그것보다 중요한 것은 몬스터다.

마치 잠이 든 번견처럼 앞발로 턱을 받치고 엎드린 거대한 개.

아니 개가 맞을까?

몬스터는 지금까지 만나왔던 몬스터들처럼 뼈만 앙상하게 남은 상태였다. 특이한 것은 지금까지 만났던 해골 몬스터와 다르게 네발짐승의 형태를 하고 있다는 것이었는데 머리가 세 개나 되었다.

그리고 세 개의 머리 중 가운데에 위치한 두개골의 안부에선 푸른 불길이 활활 타오르고 있었다.

'자는 건가? 아니면 그냥 엎드려 있는 건가?'

푸른 불길이 타오르는 눈빛만 보면 깨어있는 듯도 보였지만 사실 눈꺼풀이 없는 이상 자는지 깨어 있는지 알 수 있는 방법은 없었다.

시우는 먼저 놈의 레벨을 확인해 보기로 했다.

키메라 언데드 아크로다 Lv.80

드래곤 수아제트의 연구 결과에 의해 탄생한 검치호와 뿔범을 합친 삼두호(三頭虎). 원력을 각성한 야생의 검치호를 발견한 수아제트는 그에 호기심을 느끼고 익시드 검치호를 키메라로 재탄생시켰다. 그러나 그렇게 만들어진 키메라 삼두호는 수 시간 만에 죽음을 맞이했고 그것을 아쉬워한 수아제트에 의해 언데드로 재탄생했다. 아크로다의 베이스가 된 영혼이 익시드 검치호였기 때문에 언데드로 재탄생한 뒤로도 원력을 사용할 수 있다. 좌우 어깨에 뿔범의 머리가 달려있으며 가운데엔 검치호의 머리가 달려있다. 생전 위용을 뽐내던 황금빛 털과 살덩이는 오랜 세월에 썩어 없어지고 지금은 앙상한 해골만이 남았다.

'레벨 80!'

이 정도라면 레벨이 한 번에 두 개, 아니 세 개도 올라갈 수 있을 것 같았다.

시우는 아크로다를 자세히 살펴보았다.

송곳니가 검과 같은 형태를 하고 있는 검치호와 이마에 거대한 뿔이 솟아난 뿔범은 시우도 익히 아는 야생동물이었다.

직접 본 것은 아니고 시우는 몬스터 도감을 찾아보면서 이곳의 동물들에 대해서도 조사를 해보았기 때문에 책으로 접한 기억이 아직도 남아있었다.

시우는 검치호에 대해 들으며 현실의 고대 생물인 스밀로돈을 떠올렸지만 이곳의 검치호와 스밀로돈은 엄연히 다른 생물이었다.

애초에 이곳의 호랑이는 전부 기본적으로 기다란 송곳니를 가진 검치호였다. 만약 현실의 호랑이를 여기로 데려와 보여준다면 덩치 큰 얼룩고양이라고 할 정도로 이곳의 검치호는 무서운 생물이었다.

그런 위험한 야생동물이 원력까지 각성하고, 거기서 그칠 것이 아니라 뿔범의 머리를 좌우 어깨에 두 개나 달고 있는 모습은 더 이상 야생동물 취급을 하기는 어렵겠지.

저것은 충분히 위협적인 괴물, 몬스터였다.

"돌아가도록 하지. 데길 경께 보고해야 한다."

데스크의 말에 시우는 인상을 찌푸렸다.

시우는 돌아갈 생각이 없었다. 이 기회를 손에 넣으려고 여기까지 질주해 왔는데 놈을 보고 돌아갈 순 없었다. 만약 이대로 돌아가게 된다면 아크로다는 루카나 데길의 먹이가 되겠지. 시우는 그만큼 경험치를 손해 보는 것과 다름이 없었다.

"두 사람은 돌아가시죠. 저는 저 놈을 쓰러트리고 가겠습니다."

"네 놈!"

데스크가 언성을 높이자 세리카와 리즈알이 당황했다.

아크로다와의 거리가 가깝지는 않으나 그렇게 먼 거리도 아니라 혹시라도 놈에게 들킬 가능성이 있기 때문이었다.

다행히도 아크로다는 아무런 반응도 보이지 않았다.

"네 놈 혼자 공적을 차지할 생각이냐!"

데스크가 언성을 낮추고 시우에게 눈을 부라렸다.

"뭐라고 하시던 저 놈은 제가 쓰러트립니다."

시우는 이 일에 관해선 결코 양보를 할 생각이 없었다. 시우의 눈빛이 살벌해지기 시작했다.

시우는 아직 경험이 부족한 용병이지만 그럼에도 불구하고 세 명이나 되는 사람을 죽인 '각오된 자'였다. 사람을 죽일 각오가 된 자의 눈빛은 그렇지 못한 자와 하늘과 땅만큼의 차이가 있었다.

그 차이를 데스크와 리즈알은 느낄 수 있었다.

리즈알이 그 눈빛에 반항적으로 목소리를 냈다.

"그렇다면 우리도 그냥 돌아갈 수는 없지. 공적을 너 혼자에게만 떠맡길 수는 없으니까."

시우는 경험치를 빼앗기는 상황이 염려돼 마음이 내키지 않았지만 돌아가지 않겠다는 자들을 억지로 떠밀 수도 없었다.

"그렇다면 여기서 지켜보고 계십시오. 공적이 목적이시라면 협력하여 적을 쓰러트렸다고 보고하겠습니다."

시우의 말에 데스크와 리즈알은 고개를 갸웃거렸다. 공적을 떠넘길 생각이라면 왜 혼자서 쓰러트리겠다고 하는 것인지 이해가 안 된다는 표정이었다.

시우는 그들에게 변명이나 설명을 하지 않았다. 단지 거칠어진 호흡을 진정시키며 아크로다와의 싸움에 대비할 뿐이었다.

그것을 지켜보던 리즈알이 사제복 허리춤에 차고 있던 지팡이를 꺼내들었다.

"뭘 하시는 거죠?"

"당신도 데스크도 지쳤으니까. 기왕 싸울 거면 체력을 회복하는 것이 낫겠지. 당신 혼자서 싸운다고는 했지만 당신이 죽었을 상황에 대비해서라도 데스크의 체력은 회복해야 하잖아?"

리즈알이 시우의 시선을 피하며 얼굴을 붉혔다.

시우는 솔직히 리즈알의 말이 고마웠다. 시우의 아이템 창 속에는 별의별 포션이 다 있었지만 체력, 지구력을 회복하는 물약만은 존재하지 않았다. 성력으로 그것을 회복시켜주겠다는데 굳이 거절할 이유는 없었다.

"부탁해요."

시우의 말에 리즈알은 흥! 하고 콧바람을 불더니 기도문을 외기 시작했다.

"[난관을 넘어설 기백을 허락하소서! 체력 회복!]"

그러자 헉헉 거친 숨결을 내뱉던 데스크의 호흡이 순식간에 안정되었다. 놀라운 광경이었다. 그러나 시우는 그것과는 다른 이유로 놀라운 경험을 해야만 했다.

띵!

[Error!! 호환되지 않는 프로그램입니다.]

리즈알의 기도문으로 생성된 성법의 빛이 시우의 곁에서 푸쉬쉭 바람 빠지는 소리를 내며 소멸되고 만 것이다.

"어, 어라? 이럴 리가 없는데?"

리즈알은 다시 한 번 기도문을 외웠지만 결과는 똑같

았다.

띵!

[Error!! 호환되지 않는 프로그램입니다.]

오기가 생겼는지 다시 한 번 성법을 준비하는 리즈알을 시우가 제지했다.

"안 되는 걸 계속 해봐야 성력만 낭비할 뿐입니다. 제가 실패할 경우에 대비해서 성력을 아껴두시죠."

"하지만……!"

성법을 실패했다는 사실에 리즈알은 자존심에 큰 상처를 입은 모양이었다.

시우는 가만히 고개를 저었다.

"아마 원인은 당신이 아닐 겁니다."

시스템은 호환이 되지 않는다고 알려왔다. 그것이 의미하는 것은 시우가 기존의 게임에서 새로운 게임으로 넘어왔기 때문에 이곳의 규칙에서 벗어났기 때문이거나.

'이곳이 새로운 세계이기 때문에 다른 세계에서 온 나는 신의 은혜는 입을 수 없다는 뜻이거나.'

어찌 되었든 안 되는 건 안 되는 것이었다. 안 되는 걸 가지고 집착을 해봐야 소용이 없었다.

시우의 말에 겨우 진정한 리즈알이 시우를 빤히 쳐다보았다.

이상한 사내였다. 검은 머리에 독특한 피부색. 어째선지 행동 하나하나가 마음에 거슬리긴 했지만 출구를 찾은 것도, 고생 없이 숲을 돌파한 것도 모두 이 사내의 능력이었다.

"당신 이름이 뭐지?"

시우는 갑작스러운 질문에 당황했지만 일단 대답하고 보았다.

"체슈입니다."

"그래. 나는 리즈알. 그리고 이 성기사의 이름은 데스크. 잘 기억해 두라고."

성직자가 먼저 통성명을 해올 줄이야.

시우는 피식 웃음을 터트렸다.

"알겠습니다. 리즈알 사제님."

그것을 옆에서 바라보던 세리카가 갑자기 얼굴을 굳히며 시우와 리즈알 사이에 끼어들었다.

"내 이름은 세리카."

리즈알의 얼굴도 딱딱하게 굳어졌다.

"안 물어봤다만?"

어째선지 두 소녀의 시선이 맞부딪히며 불꽃을 튀기는 것 같았지만 시우는 신경 쓰지 않았다.

지금은 호흡을 가다듬고 격전에 대비할 때였다.

그리고 이내 호흡이 정상으로 돌아오자 시우는 자리를 박차고 아크로다를 향해 걸어 나갔다.

만약 아크로다에게 귀가 있었다면 쫑긋하고 바로 섰겠

지. 아크로다는 별다른 움직임을 보이지 않았지만 시우는 자신의 움직임이 아크로다에게 들켰다는 사실을 깨달을 수 있었다.

푸르게 불타오르는 안광으로 시우를 직시하며 아크로다가 자리에서 일어났다.

그르르르.

"크홋! 네가 개냐? 너도 호랑이라면 호랑이답게 어흥 하고 울어봐!"

시우가 리네를 뽑는 순간 아크로다가 엄청난 속도로 도약해 다가왔다. 그에 화들짝 놀라 리네를 마주 휘둘렀지만 리네는 왼쪽 뿔범의 뿔에 막혀 타격을 입힐 수 없었다.

"뭣?"

시우는 당황했다.

리네의 공격력이 몇인데 그것을 막는단 말인가?

그러나 놀란 것은 시우뿐이 아니었다. 뿔범의 뿔에 원력을 입혀 단번에 꿰뚫을 생각으로 덤벼들었던 아크로다도 시우의 검에 튕겨 나와 경계심을 품었다.

아크로다가 시우의 주위를 돌면서 빈틈을 찾기 시작했다. 그러나 시우는 아크로다에게 그런 여유를 줄 생각이 없었다.

"[질풍 칼날!]"

시우의 검에서 거대한 칼날이 쏟아져 나갔다.

막대한 마력을 품고 있는 스킬이었다. 만약 그것을 얕보고 맞상대를 하려다가는 전신이 두 조각이나 죽음을 맞이할 것이다. 그러나 아크로다는 질풍 칼날에 맞설 생각이 없었다.

시우를 공격해왔을 때보다도 더욱 빠른 움직임으로 질풍 칼날을 피해 시우의 주위를 돌기 시작했다.

검치호란 동물은 전력으로 달리는 말을 쫓아 물어 죽일수 있을 만큼 빠른 동물이었다. 거기에 더해 원력을 각성했다는 것은 평범한 익시더보다 더욱 빠른 움직임을 보일수 있다는 뜻이었다.

이내 시우의 빈틈을 찾고 아크로다가 달려들었다.

그러나 시우의 반응속도는 아크로다의 순발력에 뒤지지 않았다.

아크로다의 검을 닮은 송곳니에 리네를 마주 휘둘렀다. 그러나 아크로다의 공격 수단은 하나가 아니었다.

시우가 검치호의 송곳니를 리네로 막는 순간 좌우 뿔범의 뿔이 빨갛게 달아오르기 시작했다.

아우라다!

"[섬광난무!]"

시우는 30레벨제한 검사 스킬 섬광난무를 펼쳤다. 그러자 송곳니를 막기 위해 뻗어나가던 리네가 두 개, 네 개, 분열을 시작하더니 섬광과 같은 검의 궤적을 남기면서 아크로다를 마구 짓쳐나갔다.

이곳에 넘어와 이 스킬을 사용한 것은 처음이었다.

시우는 상상을 초월하는 섬광난무의 위력에 놀랄 수밖에 없었다.

하긴 폭염검도, 질풍 칼날도 거기에 투자하는 마력의 양에 따라 얼마든지 놀라운 위력을 보여주었다. 섬광난무라고 마력을 투자해서 더욱 강한 위력을 발휘하지 못할 이유는 없었다.

하물며 포스칸 상급 검술이 몸에 익은 시우의 공격이었다. 더 이상 섬광난무라는 기술에 과거의 흔적은 남아있지 않았다. 더욱 발전된, 더욱 뛰어난 검술로 다시 태어나 아크로다를 밀어붙였다.

아크로다는 2개의 송곳니와 2개의 뿔범 뿔로 시우의 섬광난무에 대항했지만 이내 반응속도에서 뒤처지기 시작했다. 시우가 아낌없이 마력을 밀어 넣으며 속력을 더한 탓이었다.

왼쪽 뿔과 오른 앞다리에 금이 갔다. 아크로다는 커홍! 원력을 담은 포효를 내지르며 뒤로 뛰어 거리를 벌렸다.

"크읔! 목청 한 번 크구나."

시우는 잠시 시야가 흔들리는 탓에 아크로다를 추적할 수 없었다.

하지만 다음에 또 같은 수를 쓴다면 그때가 아크로다가

죽는 순간이 될 것이다.

원력을 담더라도 소리는 소리. 마력을 소리의 속성으로 바꿔 조절하면 소리를 제거하는 것은 일도 아니었다.

그러나 잠시 시우를 경계하던 아크로다는 등을 돌려 도망가기 시작했다.

엄청난 속도였다.

시우는 순간 당황했다.

상층으로 올라올 침입자를 막아서는 것이 수호자의 역할이 아니었던가? 언데드가 살기 위해 도망을 친단 말인가?

시우의 시선이 아크로다가 향하는 방향으로 돌아갔다.

"저런 멍청이들!"

리즈알과 데스크가 수풀에서 모습을 드러내고 있었다. 아크로다는 시우를 쓰러트리는 것을 무리라고 판단하자마자 표적을 바꿔 저들을 길동무로 삼으려는 모양이었다.

"[시간이 가속된다. 헤이스트.]"

세상이 느려졌다. 그러나 그렇게 느려진 공간 속에서도 아크로다의 속도는 엄청났다.

시우는 전속력으로 몸을 던졌지만 아크로다보다 먼저 일행의 곁에 도착하기에는 무리가 있었다.

그 느려진 시간 속에서 데스크가 거북이 등껍질처럼 등에 매고 있던 방패를 꺼내드는 것이 보였다. 원력을 끌어 올려 방패를 튼튼하게 만들며 기도문을 외쳤다.

"[두려운 것은 헛된 죽음! 바라는 것은 영광된 죽음!]"

그것은 베헬라 소속의 성기사에게 허락된 기도문이었다.

신앙심으로 정신력을 무장하고 성력으로써 육체를 한계 이상으로 강화하는 성법!

성력을 폭발시켜 모든 스텟을 대폭 상승시킨다.

지속시간은 단 10초!

그러나 아크로다로부터 리즈알을 지키는 것은 그것으로 충분했다.

원력으로 강화된 데스크의 방패와 아크로다가 가진 두 개의 뿔이 맞부딪혔다. 만약 기도문을 외지 않았다면 그대로 몸이 튕겨나갈 정도의 충격!

그러나 데스크는 방패를 밀어내며 도리어 아크로다를 날려버렸다.

튕겨 나가는 아크로다를 향한 리즈알의 기도문!

"[베헬라의 사제 리즈알의 이름으로 명한다. 죽음은 죽음으로! 죽음 회귀!]"

아크로다가 언데드라는 사실을 깨달은 리즈알의 회심의 일격이었다.

이미 시우의 검술에 넝마가 된 아크로다를 향해 붉은 빛, 베헬라의 성력이 쏟아지며 영혼을 산산이 조각냈다.

거기에 헤이스트로 따라붙은 시우가 마무리를 지었다.

50레벨제한 검사 스킬.

"[비룡참!]"

시우의 검에서 솟구친 거대한 용이 아크로다를 물고 날아올라 천장과 격돌했다.

콰과광!

시우는 박살난 마광구가 반짝이며 쏟아지는 가운데 리네를 칼집에 꽂아 전투를 종료했다.

따단!

[업적 달성! 최시우님이 수아제트의 탑 2층 보스 몬스터를 최초로 쓰러트렸습니다.]

[획득 경험치가 가산됩니다.]

띠링!

[레벨이 5 상승하셨습니다.]

[레벨업 효과로 생명력과 마력, 원력이 회복됩니다.]

[스탯 포인트가 10개 자동분배 됩니다. 남은 스탯 포인트가 15개 상승합니다.]

[모든 상태이상 효과가 회복됩니다.]

보스 몬스터 최초 격파라니.

시우는 업적 달성으로 경험치가 가산된 덕분에 5개나 오른 레벨을 확인하며 만족스런 미소를 지었다.

'셋, 둘, 하나.'

시우의 셈이 끝나는 순간 엄청난 현기증이 밀려왔다.

가속된 시간을 경험한 대가, 시간멀미였다.

시우를 제외한 세상의 시간이 빨라지기 시작했다. 시우는 그것을 견디지 못하고 쓰러졌다. 중심을 잡는 것도 시간이 정상적으로 흘러야 가능한 일이었다.

세상이 빠르게 흘러가는 가운데 중심을 잡고 서있기는 굉장히 어려운 일이었다.

쓰러진 시우의 곁으로 세리카와 리즈알, 그 후에 데스크가 다가왔다.

뭐라고 떠드는 모습이 보이지만 말이 너무 빨라 알아들을 수가 없었다.

띵! 띵! 띵! 띵……!

[Error!! 호환되지 않는 프로그램입니다.]

[Error!! 호환되지 않는 프로그램입니다.]

…….

시우가 쓰러진 것이 아크로다의 공격에 다쳤기 때문이라고 생각한 모양인지 리즈알이 계속해서 회복성법을 시도했다.

'그러니까 안 통한대도.'

시우는 어렵사리 웃으며 천천히 시간의 흐름이 돌아오는 것을 느꼈다.

"우욱!"

구역질이 올라왔다. 시우는 그것을 간신히 참으며 상체를 일으켰다.

"체슈!"

세리카의 울먹이는 목소리가 들렸다.

"괜찮은 거야?"

"아아, 문제없어. 단지 조금 어지러울 뿐이야."

눈을 감고 현기증을 참아내는 시우의 모습을 리즈알이 이해할 수 없다는 표정으로 쳐다보고 있었다.

"넌 도대체 누구지?"

시우가 눈을 떴다.

"제 이름은 체슈입니다. 이미 알려드렸······."

"그게 아니야!"

리즈알이 날카로운 눈빛으로 시우와 시선을 마주쳤다.

"어째서 치료성법이 통하지 않는 거지? 어째서 성력이 네 몸에 닿으면 소멸되느냔 말이다!"

리즈알의 비명과 같은 고함에 데스크도 얼굴을 잔뜩 찌푸리고 시우를 바라보고 있었다.

"그건······."

곤란하다.

시우도 알 수 없는 것을 대답할 수는 없었다.

뭔가 변명거리가 필요했다.

그러나 시우는 변명이 서툴렀다. 지금 당장 좋은 이야기가 떠오르지는 않았다.

"···나중에 설명 드릴게요. 언데드의 영혼은 정화하셨나요?"

시우의 질문에도 리즈알은 날카로운 눈빛을 풀지 않고 시우를 노려보았다.

그러나 그 시선에 조금도 기죽지 않고 태평하게 마주 보는 시우의 시선은 흥분한 리즈알의 기분을 헝클어버렸다.

"후우!"

긴 한숨을 내뱉은 리즈알은 흥분을 누그러트렸다.

나중에 설명을 해준다니 지금은 일단 급한 일부터 마무리해야 했다.

"언데드의 영혼은 정화했다. 아마 2층의 수호자인 모양이지만 영혼이 정화된 이상 부활은 할 수 없겠지."

리즈알의 대답에 시우는 고개를 끄덕였다.

"제가 얼마나 쓰러져 있었죠?"

거기에 대답한 것은 세리카였다.

"대충 10분 정도?"

"그렇게나?"

시우는 화들짝 놀랐다.

시간멀미 속에서 체감한 시우의 시간은 고작해야 1분이 되지 않을 것이다.

거의 10배에 가까운 속도였다.

그러니 제대로 서있기도 힘들었던 것이겠지.

"시간 내에 돌아가려면 지금 바로 출발을 해야 하지 않을까요?"

시우의 말에 리즈알과 데스크가 동의 했다.

벌써 입구에서 출발한 지 3시간이 지났다. 루카와 데길이 제한한 6시간까지 돌아가려면 바로 출발을 해도 빠듯했다.

시우는 비틀거리는 몸을 가누며 부상 마법으로 몸을 띄웠다.

아크로다의 사냥에 제법 많은 마력을 소모했지만 마력은 이미 레벨업으로 회복이 된 상태였다. 그런 시우의 모습을 리즈알이 이해할 수 없다는 표정으로 쳐다보았지만 시우의 관심은 그녀에게 없었다.

돌아가는 길에도 몬스터는 많았다.

조금이라도 더 빨리 레벨을 올리려면 고작 현기증 따위에 질 수는 없었다.

시우가 다시 앞서 나갔다. 그리고 연달아 폭발음이 터져 나왔다.

이번에는 세리카가 시우의 곁에서 달리며 혹시 있을 위험에 대비하며 시우를 서포트 해주었다.

입구로 돌아오자 그곳에는 천막이 세워져 있었다.

어느새 2층 입구는 훌륭한 베이스캠프가 되어 요리가 한창이었던 것이다.

이미 돌아온 탐색조도 반 수 이상이나 되었다. 다들 3시간 만에 출구를 찾을 수 있을 거라곤 생각하지 못하고 내일을 기약하며 몸을 쉬기 위해 일찍 돌아온 모양이었다.

시우는 현기증을 변명으로 보고를 리즈알에게로 미뤘다.

"잘도 그딴 헛소리를 하는군. 돌아오는 3시간 동안 신나게 날뛰며 몬스터를 박살낸 게 누군데."

시우가 곤란해 하자 리즈알은 만족스런 웃음을 지으며 보고를 위해 데길과 루카의 천막으로 향했다.

단지 시우의 곤란한 표정이 보고 싶었을 뿐, 딱히 정말로 보고를 떠맡길 생각은 아니었다는 태도였다.

시우는 그런 그녀의 모습에 안심하며 한창 식사가 준비 중인 천막으로 다가갔다. 그곳은 나름대로 조리실이라고 준비한 장소인지 엄청난 양의 식재료가 가득 쌓여 있었다.

밀가루, 귀리가루, 설탕과 소금, 향신료 조금, 염장고기, 훈제고기, 말린 과일, 과일주, 맥주. 제일 중요한 식수가 없다는 점이 참 우스운 일이지만 임무에 참가한 마법사도 많겠다, 마법으로 식수를 만드는 것쯤은 문제도 아닐 것이다.

"어이, 여기서 뭐하는 거야. 조리실은 출입금지 구역인 거 몰라? 훠이! 어서 나가라고."

조리병으로 보이는 익시더가 국자를 휘두르는 탓에 마침 준비 중이던 오트밀이 마구 튀었다. 시우는 그것을 열심히 피하며 뒤로 물러가야만 했다.

오트밀, 귀리가루로 죽을 쑤어 소금과 설탕으로 간을 한 간단한 음식. 수프만큼이나 이곳 사람들에게는 일상적인 음식이었다.

시우는 에효 하고 한숨을 내쉬었다.

그야 오랫동안 보존되는 식재료 안에서 나오는 음식이라고 해봐야 이런 것이 뻔하긴 했지만 실망감이 드는 것은 막을 수가 없었다.

시우는 조리실에서 멀리 떨어져 자리 잡고 요리를 준비했다.

시우의 아이템창에 들어간 물건들은 모두 시간이 동결된다. 상하기 쉬운 살코기도, 막 채취한 싱싱한 채소도 시우의 아이템창 속에선 조금의 변질이나 훼손도 허락되지 않았다.

시우는 아이템창 속에서 요리책 하나를 더 꺼내들고 책장을 휘리릭 넘겨짚었다.

운에 맡겨 오늘의 요리를 정할 생각이었는데 평소 자주 피던 페이지라서 그런지 펼쳐진 곳은 비프 스테이크의 조리법이 적혀 있었다.

"뭐, 비프 스테이크도 나쁘지는 않지."

시우는 당장에 화덕을 꺼내 바싹 잘 마른 장작을 태우며 값비싼 송아지 고기를 굽기 시작했다. 야들야들 막 잡아

해체한 듯 상태가 좋은 고기였다.

역시 비싼 값을 한다. 지방이 적당히 섞인 송아지 고기
를 굽기 시작하자 엄청나게 고소한 향기와 함께 육즙이 흘
러나오기 시작했다. 그렇다고 육즙이 마구 넘치도록 나오
는 것은 아니어서 불 조절을 제대로 할 줄 모르는 시우가
조리함에도 불구하고 송아지 고기는 열심히 육즙이 빠져
나가지 않도록 그 안에 붙잡고 있었다.

소금과 후추, 그리고 몇 가지 특별 양념을 뿌려 간을 하
고, 그릇에 담으며 루리가 만들어준 소스를 뿌리자 입 안
에 군침이 돌았다.

어느새 냄새를 맡은 드래곤 사냥꾼들이 시우의 곁으로
모여 있었다. 영지에서 지낼 때도 맛보지 못할 고급 요리
가 하늘의 기둥에서 요리되고 있으니 그들의 관심이 모이
는 건 당연한 일이었다.

꿀꺽!

누군가 침을 삼키는 소리가 크게 울려 퍼졌다. 그러나
아무도 그 소리를 신경 쓰지 않았다. 단지 소리가 크지 않
을 뿐 그들 또한 연신 군침을 집어삼키고 있었으니까.

시우는 아이템창에서 식탁과 의자를 두 개 꺼냈다. 연달
아 레드와인과 와인잔 2개를 꺼내자 시우의 맞은편에 세
리카가 앉았다.

쪼로록.

와인을 따르는 소리조차 맛있다.

적당히 와인잔을 채운 붉은 액체를 흔들어 향을 즐긴 시우는 입술을 축이며 입맛을 돋우고 나이프와 포크로 비프 스테이크를 썰어먹기 시작했다.

시우는 미디엄으로 굽는다고 구웠지만 불이 조금 강했던 탓에 타지 않게 구우려다 보니 안까지는 익지가 않았다. 썰고 보니 핏기가 가시지 않은 것이 보였다. 그러나 그것도 나쁘지는 않았다. 겉면이 바삭한 고기를 입에 담고 씹는 순간 고기가 품고 있던 육즙이 입 안 가득 퍼지면서 녹아내렸다.

"아아!"

세리카가 감탄사를 내뱉자 그것을 지켜보던 드래곤 사냥꾼들은 숨이 넘어갈 지경이었다.

그러나 그들이 시우의 요리를 맛볼 기회는 주어지지 않았다.

그도 그럴 것이 송아지 고기는 귀족이 아니면 누리기 힘든 사치였다. 수요가 없으면 자연 공급도 줄어드는 법이었고 시우는 송아지 고기를 구하기 위해 발품을 팔수밖에 없었다.

제페스와 모우로 모두에서 그렇게 발품을 팔아 마련한 송아지 고기는 그다지 양이 많지 않았다.

물론 둘이서 1년간 마음껏 즐길 정도의 양은 되었지만

남에게 베풀 정도는 되지 않는다는 의미였다.

시우는 천막을 쳤다.

데길과 루카가 준비해온 천막은 10명에서 20명 정도가 같이 쓰도록 준비된 것이었다. 낯선 사람들과 한자리에서 잔다는 것이 얼마나 위험한지 잘 아는 시우는 천막을 따로 챙겨왔다.

시우가 그것을 치자 세리카가 자연스럽게 천막 안에 들어가 자리를 잡았다.

그 모습을 드래곤 사냥꾼들은 여러 가지 이유로 부러워했다.

"야 임마! 조리병! 이게 죽이야 변이야! 요리 이따위로밖에 못해?"

시우의 요리를 눈앞에서 본 드래곤 사냥꾼들의 불만은 그대로 조리병에게로 쏟아졌다.

"고기다! 고기를 내와!"

그 성난 모습에 조리병은 투덜거리면서 훈제고기를 내놨다.

원래 식단은 철저한 규칙 아래 정해져 바꿀 수 없었지만 워낙 동료들의 불만이 컸던 탓에 조리병의 독단으로 아주 조금씩만 훈제고기를 내놓은 것이었다.

훈제고기를 얇게 썰어 팬 위에 바싹 구워 베이컨을 만들었다.

바삭하고, 취향에 따라선 맛과 향 모두 만족할 수 있는 요리.

그러나 이미 기대치가 한껏 올라간 동료들은 베이컨 따위로는 만족을 할 수가 없었다.

배를 채울 뿐인 오트밀과 한 장의 베이컨.

그것이 하늘의 기둥 진입 첫날밤의 식단이었다.

천막으로 들어온 세리카는 바로 망토를 벗어던지고 날개를 뒤덮고 있는 회색 주머니를 풀어버렸다.

파닥파닥!

"하아~ 이제야 좀 살 것 같네."

세리카는 그제야 싸늘한 표정을 풀고 바닥에 엎드리며 푹 늘어졌다.

연신 파닥거리는 작은 날개가 귀엽게 느껴졌다.

그제야 전신을 바짝 조이던 긴장이 놓였다. 피로가 일시에 몰려오며 졸음이 쏟아졌다.

"세리카, 나 먼저 자도 될까?"

"아, 응."

세리카의 허락을 구한 시우는 크게 하품을 하며 아이템창에서 두 개의 실크이불을 꺼냈다.

하나는 시우 것, 다른 하나는 세리카의 것.

시우는 그렇게 잠이 들었다.

드래곤 사냥 임무가 시작된 지 2개월이 지났다.

데길과 루카를 중심으로 한 드래곤 사냥꾼들은 15층까지 막강한 수호자들을 물리치며 거침없이 탑을 올라갔다.

만약 시우가 드래곤 사냥 임무에 참가하지 않았다면 이렇게 빠르게 탑을 올라가는 것은 어려운 일일지도 몰랐다.

층수가 높아질수록 보스 몬스터는 물론 플로어를 가득 채운 몬스터들의 레벨도 올라가서 이제는 잡몹 한 마리 한 마리가 부담스러운 수준이 되었다.

시우는 적당하게 후방에 자리를 잡고 드래곤 페더 보우로 적을 저격하며 레벨을 올렸다. 그러나 그것도 오래 가지는 않았다.

화살의 수에는 제한이 있었고 만약의 경우를 위해 최소한의 화살은 남겨둘 필요가 있었기 때문이었다.

시우는 마법으로 동료들을 지원하며 빠르게 레벨을 올렸다.

물론 그 와중에도 시우는 리젠을 풀지 않으며 마력을 쌓았고 이제는 웬만한 성기사들이 지닌 성력보다 많은 마력 포인트를 보유할 수 있었다.

원력과 성력, 두 가지 힘을 가진 성기사와 비교를 해도 소용은 없었지만 그만큼 시우도 성장을 할 수 있었다는 이야기였다.

　이름-최시우

　레벨-70

　종족-인간

　칭호-탑 도전자

　[칭호 효과- 탑 내부의 적을 쓰러트릴 경우 경험치 소량
가산.]

　생명력 (171/171)

　마력 (6056/6057)

　원력 (?/?)

　근력 : 90

　순발력 : 134

　체력 : 76

　정신력 : 51

　남은 스탯 포인트 : 60

　상세정보……

시우가 이 세계로 넘어온 지 정확히 1년째 되는 날이었다.

Respawn

NEO FUSION FANTASY STORY & ADVENTURE

17장.
트레져 헌터

리스폰

데길과 루카는 시우가 제안한 4인 체제 파티가 굉장히 마음에 든 모양이었다. 처음 그것을 제안한 지 벌써 2개월이 지났지만 각각의 특성을 살린 이 체제는 최소 인원으로 다양한 상황에 대처할 수 있어 피해가 최소화 되었다.

물론 피해가 아주 없던 것은 아니었다.

이미 5명의 동료가 죽었다.

원인은 함정이었다.

몬스터들은 충분히 상대가 가능한 수준이었는데 가끔 층수와는 어울리지 않는 함정이 툭 튀어나와 동료들의 수를 줄였던 것이다.

트랩을 밟으면 창이 솟아나오는 구조, 어느 길에 진입하면 바닥이 꺼지는 구조.

한 번은 이런 적도 있었다.

시우는 계속해서 나타나는 함정들에 경계심을 품고 부상을 변명으로 왼쪽 눈에 아예 안대를 착용했다.

왼쪽 눈을 가리면 아이템이나 몬스터를 타겟팅 할 수 있으니 만약 함정을 발동시키는 아이템이나 장식인 척 곳곳에 배치된 몬스터를 눈으로 확인하면 바로 알아보기 위함이었다.

그리고 시우의 노력이 결실을 맺어 거대한 조각상의 위로 반투명한 창이 떠올랐다.

거대 금속 조각상 Lv.75

높이 17미터의 금속 조각상. 침입자가 다가오면 금속에 내포된 마석이 발동해 움직인다. 파괴되더라도 마석이 손상되지 않으면 일정 시간 내에 자동수복 된다.

그것은 아마 아직 10층일 때의 이야기였을 것이다.

조각상은 무려 4대나 되었고 드래곤 사냥꾼들은 의심조차 하지 않았다.

그도 그럴 것이 드래곤 사냥 임무에는 뛰어난 실력의 마법사인 루카가 함께하고 있었다. 만약 그것이 마법에 의해 조종당하는 몬스터였다면 루카가 알아보지 못할 리가 없었으니까. 그러나 그것은 적이 다가와야 작동을 시작하는 종류의 몬스터였고 그러한 상황까지는 상정하지 못해 다들 긴장을 놓고 있었다.

시우는 즉시 드래곤 페더 보우를 꺼내들어 거대 금속 조각상의 머리를 파괴했다.

다행히도 거대 금속 조각상의 핵이 되는 마석은 머리에 있는 모양인지 한 발 한 발을 쏠 때마다 경험치가 들어와 3마리를 쏘았을 때는 레벨을 하나 더 올릴 수 있었다.

"멈춰라. 그게 뭐하는 짓이지?"

"…혹시나 움직일까 하여 멀리 있을 때 미리 파괴해 두려고……."

시우의 변명에 루카는 인상을 찌푸렸다.

"그만 두어라. 네놈이 동료들을 불안하게 만들고 있지 않느냐. 혹 네놈은 내 마법 실력을 의심하는 것이냐?"

시우는 고압적으로 나오는 루카의 모습에 한 번 뽑아든 화살을 다시 화살통에 집어넣었다.

그리고 딱 한 대 남은 거대 금속 조각상은 일행이 지나가는 도중에 갑자기 발동해 마법사 한 명을 죽였다.

데길과 루카의 반응이 빨라 큰 피해가 나오기 전에 조각상을 부술 수 있었지만 마법사는 일격에 즉사한 탓에 사제들의 힘으로도 아무것도 할 수가 없었다.

루카는 말을 잃었다.

시우가 아무 생각 없이 바라보는 눈빛을 마주하지 못하고 회피했다.

그것은 분명 루카의 자만으로 일어난 사고였으니까.

그 뒤 루카는 반성하여 그럴 듯한 장식이나 함정이 나오면 일단 파괴부터 하고 보았다.

어찌되었든 이런 저런 일을 겪으며 시우는 데길과 루카의 신임을 얻을 수 있었고, 시우가 제안한 4인 체제 파티는 날이 갈수록 인정을 받고 있었다.

물론 아직까지도 성직자와 용병들은 서먹한 관계를 유지하긴 했지만 서로 목숨을 걸고 함께 싸우며 둘도 없는 친구가 된 자들도 있었다.

그러나 층을 오를수록 강해지는 몬스터들의 존재에 더이상 4명만으로는 견딜 수 없게 되자 파티는 8인 체제로 갈아타게 되었다.

시우는 7번 파티의 파티장으로 인정되어 그 밑에 세리카, 리즈알, 데스크를 두고 새로 4인의 파티원을 받을 수 있었다.

남성 사제 아루스, 여성 성기사 피나, 여성 마법사 튀아나, 소년 익시더 잔드.

시우로서는 정말로 곤란한 일이 아닐 수 없었다.

그도 그럴 것이…….

"…어째서 성력이 통하지 않는 거죠?"

정말 곤란한 질문이 또 다시 거두되었기 때문이었다.

시우는 미리 준비해둔 대답을 떠듬떠듬 설명했다.

사실 시우는 고향이 잘 기억나지 않는다고, 아직 한참 어릴 적에 아버지와 함께 고향을 떠나와 철이 들 무렵에는 아카리나 대륙 최북단에 있었고 아버지는 바다를 횡단하는 중간에 바다괴물의 습격을 받아 죽음을 맞이했다― 라는 추억 이야기로 시작해 추웠던 어린 시절로 생각해보면 아카리나 대륙의 최남단이 시우의 고향이 아니었나 하는 추측으로 설명이 시작되었다.

물론 책을 통해 접한 지식들을 짜깁기한 거짓들이었다. 아직 아카리나 대륙 최남단에 갔다가 돌아온 모험가는 존재하지 않지만 세계지도를 살펴본 시우는 그곳이 어쩌면 지구에서의 남극에 해당하는 장소일지도 모른다는 가설을 세웠기에 쓸데없이 박학다식한 자들이라면 그럴 지도 모른다고 고개를 끄덕일만한 이야기였다.

그리고 시우는 그 고향에서 헤카테리아엔 알려지지 않은 신을 믿는 신자였다 라는 것이 변명의 시작이었다.

원래 이 이야기는 마법 스킬을 쓰다가 문제가 되었을 때 사용하려던 변명으로 준비한 것이었다.

이것을 처음 설명했을 때 세리카가 놀라며 '그랬던 거야?' 하고 되묻던 것이 떠올라 시우는 웃음을 참느라 쓰게 미소 지었다.

그것이 마치 슬픔을 억누르는 억지웃음처럼 보여 시우의 이야기는 더욱 신용을 얻었다.

"하지만 당신의 몸속에서 느껴지는 것은 성력이 아니라 마력⋯⋯."

새로 유입된 사제의 의문에 시우는 그것도 모르냐며 오히려 사제를 깔보았다.

성력은 마력의 돌연변질이었다. 그 변질의 정도에는 사람마다 개인차가 있었는데 어떻게 보아도 마력의 성질이 남아있지 않을 정도로 완벽하게 변질된 자가 있는가 하면 마력으로밖에 느껴지지 않은 성력도 존재했기 때문에 시우는 그것을 근거로 스스로가 사제라는 주장을 할 수 있었다.

물론 아는 사람이 많아지면 의문도 커지고 문제가 될 수 있는 이야기였지만 지난 2개월 동안 리즈알과 데스크가 믿어주었기에 통제할 수 있는 정보였다.

이제 아는 사람이 많아졌고 새로 유입된 사제와 성기사도 시우의 말을 믿어 줄지는 알 수 없었지만 이는 시우가 짊어져야할 리스크였다.

"사제님들도 아시겠지만 서로 믿는 신들과의 사이가 좋지 않는 경우에는 성력과 성력이 서로 상쇄되는 특이 현상이 일어납니다. 지금의 현상이 바로 그것입니다."

시우가 책을 읽으며 모아온 정보를 재료로 지금 시우가

할 수 있는 최고의 변명이었다. 시우의 검은 머리와 이색적인 외모가 시우의 이야기를 더욱 그럴 듯하게 만들었다.

새로 온 성직자들은 석연찮은 표정이었지만 시우의 이야기에서 거짓을 찾을 수는 없었다. 만약 아카리나 대륙 공용어를 할 줄 아는 사람이 있다면 곤란해질 수 있는 문제였지만 시우는 그렇게 될 경우엔 한국어를 이민족의 언어라고 주장하며 공용어는 배우지 못했다고 할 속셈이었다.

시우는 조마조마한 기분으로 성직자들의 안색을 살폈다.

한참을 생각에 잠겨있던 세일라의 사제 아루스가 인상을 찌푸리며 물어왔다.

"세일라와 베헬라. 삼대주교 중에 두 신과 사이가 좋지 않은 신이라면 혹시 파괴의 신 파일로스나 복수의 신 다인두스를 믿으시는 것은 아니겠죠?"

아루스의 질문에 성기사 피나의 얼굴에도 경계심이 떠올랐다.

시우는 손사래를 치며 과장된 제스처로 부정했다.

이미 베헬라 교단의 성기사단장인 가레인을 통해 파일로스나 다인두스가 삼대주교와 사이가 좋지 않다는 사실을 뼈저리게 느낀 시우로서는 당연한 반응이었다.

"절대 아닙니다! 제가 믿는 신의 이름은……."

시우는 미리 준비한 가상의 신을 소개했다.

"유흥의 신 게임입니다."

"유흥의 신?"

아루스와 피나가 무슨 그런 신이 있냐며 벙찐 표정을 짓자 리즈알과 데스크가 크큭! 하고 웃음을 터뜨렸다.

하지만 시우는 웃을 수 없었다. 어디까지나 유흥의 신 게임은 시우가 믿고 있는 신이어야 했으니까.

"게임께서는 말씀하셨습니다. 인생을 즐기라고."

시우가 두 손을 모아 하는 말에 아루스와 피나는 더 혼란스런 기분이 된 모양이었다.

"인생을 즐기라니, 그것이 세상을 위한 업적이 되나요?"

당연한 의문이었다. 이 세계의 모든 신들의 행동 목표는 어디까지나 이 세상을 더욱 좋은 세상으로 만드는 것이었으니까. 그것은 삼대주교에 의해 해체된 파일로스나 다인두스도 마찬가지였다.

다만 강력한 힘만을 추구하는 것이 더 나은 세상을 만드는 법이라고 주장하는 파일로스나 수많은 악업을 베풀어 세상을 더럽힌 자들에게 복수하는 것만이 선업을 쌓는 것이라고 주장하는 다인두스가 너무 강경했기 때문에 마신 취급을 받았을 뿐이었다.

시우는 이들의 의문을 해결한 문턱까지 앞으로 한 걸음이 남았다고 생각하며 회심의 교리를 읊었다.

"범재는 천재를 이기지 못하지만, 천재는 노력하는 자를 이기지 못하고, 노력하는 자는 즐기는 자를 이기지 못한다. 이에 따라 즐기는 자 만큼 세상에 기여할 수 있는 사람은 존재하지 않는다."

시우의 말에 아루스와 피나는 느끼는 바가 많은지 잠시 감탄을 하다가 생각에 잠겼다.

시우가 있던 원래의 세계에선 흔히 접할 수 있는 말이지만 이곳에는 이와 비슷한 말도 존재하지 않으니 충격적일 수밖에.

"…과연 검술도 그렇죠. 아무리 손이 부르트도록 억지로 노력해 검술을 연마해도 검술 자체를 즐기며 놀이로 여기는 자들은 그 태도에 상관없이 뛰어난 실력들을 지니고 있었습니다. 인정하고 싶지는 않지만 진리를 담은 말이라 생각됩니다."

성기사 피나가 고개를 주억거렸다. 그 뒤를 이어 아루스도 시우가 만들어낸 유흥의 신을 인정하는 추세였다.

"특히 천재는 노력하는 자를 이기지 못한다는 말이 마음에 와 닿는군요. 노력하는 자가 즐기는 자에게 이기지 못한다는 건, 저로서는 잘 모르겠지만 피나 씨의 말을 들어보니 그럴 듯도 하고……."

아루스가 고개를 갸웃거리자 리즈알이 끼어들었다.

"정말 체슈만큼 이 교단에 어울리는 신자도 없겠지. 체슈가 사냥하는 모습을 지켜보면 어떻게 보아도 증오보다는 즐거움으로 가득한 표정이니까. 몬스터를 사냥하는 것이

즐겁다니 어떻게 보면 가장 든든한 아군일지도 모르지."

그에 아루스도 고개를 끄덕였다.

아루스도 시우가 몬스터를 사냥하는 모습은 몇 번 보았다. 그때마다 보여주었던 시우의 모습은 정말 순수하게 사냥을 즐기는 모습이었다.

시우는 아루스마저 넘어오자 깊은 한숨을 내쉬었다.

이로써 또 하나의 고비를 넘을 수 있었다.

"이야기가 너무 길어졌군요. 이만 저희도 탐색을 시작해야 할 듯싶습니다."

시우의 정리에 다들 고개를 끄덕였다.

더 이상 그들의 표정에 시우를 향한 의심은 남아있지 않은 모양이었다.

다행이었다.

그러나 그 순간이었다.

거짓말로 성직자들을 납득시키기 위해 심력을 너무 소모한 탓일까?

시우가 함정을 발견하지 못한 탓에 일행들이 갑자기 꺼진 바닥 아래로 추락했다.

"아악!"

"꺄아아!"

시우는 차분하게 마력을 분출해 마법의 인력으로 7인의 동료들을 허공에 띄웠다. 그 순간 천장이 닫혔다. 아차 싶어 서둘러 몸을 띄워 천장에 가 보았지만 워낙에 금속자체가 두껍고 튼튼한데다 마법으로 보호를 받고 있어 박살을 내고 위로 올라가는 것은 무리가 있어보였다.

바닥을 내려다보니 환한 빛이 보였다.

뭘까 싶어 다가가보니 시우의 시야에 반투명한 창이 떠올랐다.

마그마

설명– 드래곤 수아제트의 마법으로 형성된 마그마. 탑의 마력으로 고온을 유지하고 있다. 함정에 떨어진 침입자들을 통째로 녹이기 위한 용도로 만들어졌다.

만약 시우의 반응속도가 아니었다면 모두 마그마에 녹아 죽음을 맞이했을지도 모를 일이었다. 시우의 등줄기로 식은땀이 흘렀다.

시우는 세리카를 쳐다보았다. 혹시 이곳에서 나갈 탈출구가 없을지 정령을 이용해 알아봐달라는 시선이었다.

그것을 알아차린 세리카가 남몰래 원력을 끌어올렸다.

바람의 정령, 흙의 정령, 돌의 정령, 불의 정령, 물의 정령.

한 번에 다섯 종류의 하급정령들이 나타나 사방으로 퍼져나갔다. 심령이 연결된 세리카가 아니면 보이지 않는 존재들이었다.

바람의 정령은 폐쇄된 이곳에서 바깥으로 흐르는 바람의 흐름은 없는지, 흙과 돌의 정령은 사방을 둘러싼 벽을 파고 들어가 바깥으로 이어지는 얇은 벽을 찾았고, 불의 정령과 물의 정령은 마그마로 들어가 그 바닥에 출구는 없는지 살피기 시작했다.

이내 정령들이 돌아와 세리카의 품속으로 사라졌다.

잠시 초점을 잃은 듯 보이던 세리카가 시우를 쳐다보았다.

'저기야.'

세리카가 가리키는 벽을 향해 시우는 날아서 다가가 주문을 외웠다.

땅을 파내고, 벽에 구멍을 내는 마법 스킬.

"[땅이여 파여라. 디그!]"

다행히도 벽은 금속으로 되어있지 않은 모양인지 시우의 마법 스킬로 벽에 커다란 구멍을 낼 수 있었다.

그 구멍을 통해 나온 곳은 시우 파티에게도 익숙한 장소였다.

"여기 설마 14층?"

시우가 이끄는 제7번 파티는 드래곤 사냥 본대와 떨어져 하층으로 내려오고 말았다.

"14층이라니……."

다들 살아남았다는 안도보다는 14층으로 떨어졌다는 충격이 큰 모양이었다.

그것도 그럴 것이 본대로 합류하기 위해선 이제 다시 수복되었을 14층의 보스 몬스터를 잡아야 하기 때문이었다.

데길과 루카가 힘을 합쳐서 간신히 잡은 14층의 보스 몬스터는 제7번 파티의 8인이 힘을 합치더라도 쓰러트리기 힘든 몬스터였기 때문이었다.

물론 필사의 각오로 덤비면 쓰러트리지 못할 것도 없기는 했지만 드래곤을 사냥하러 와서 고작 수호자 따위에게 죽는 것은 너무 의미 없는 죽음이었다.

시우도 14층의 보스 몬스터를 떠올려 보았다.

아머드 소울 듀란 Lv.122

언데드의 일종인 아머드 소울. 5미터 높이의 금속 갑옷에 생전 익시더였던 자의 영혼이 깃들었다. 생전 뛰어난 실력자는 아니었으나 5미터의 거구로 발휘하는 위용은 결코 얕볼 수 없는 것이다. 갑옷의 재질은 세실강이다. 어쩌면 수아제트의 탑 어딘가에서는 마법에 세뇌당한 포스칸이 세실강을 찍어내고 있을지도 모른다. 세실강은 마력과 성력에 절대적인 저항력을 가지고 있기 때문에 언데드의 영혼에 직접적인 타격을 주는 성법은 통하지 않는다. 세실강은

마력을 흡수해 파괴된 부위를 수복하기 때문에 세실강의
핵이 되는 원력을 파괴하지 않으면 쓰러트릴 수 없다.

세실강으로 만들어진 적이라니.

당연하지만 그가 들고 있는 검도 방패도 세실강이었다.
파괴하는 것도 어렵고 무엇보다 마력으로 인한 피해에 강
했다. 마법사가 마법을 쏟아봐야 파괴는커녕 어설픈 마법
이라면 오히려 수복에 도움을 줄 정도였다.

아직 원력을 각성하지 못해 마력을 힘의 기준으로 삼는
시우에겐 천적이라 할 수 있었다. 그것은 14층의 잡몹들도
마찬가지였다.

14층은 가로 10미터 높이 15미터의 거대한 통로 형태였
는데 길이 얽히고설킨 미로의 형태를 하고 있었다. 거기서
나오는 몬스터들 또한 세실강으로 만들어져 있었다.

세실강 갑옷 인형 Lv.80

세실강으로 만들어진 갑옷에 장착된 마석으로 움직이는
갑옷 인형. 매우 날카로운 검과 매우 튼튼한 방패, 부서져
도 수복되는 몸을 가진 세실강 갑옷 인형은 까다로운 수호
자다. 쓰러트리기 위해선 갑옷을 작동시키는 마석을 파괴
하거나 세실강에 내포된 원력을 파괴해야만 한다.

하나하나가 아크로다와 비슷한 힘을 가지고 있는데 거기에 더해 마력과 상극이라니 정말 끔찍한 놈들이 따로 없었다.

몇몇 드래곤 사냥꾼들은 그래도 좋다고 놈들을 쓰러트리고 세실강을 채취하려 했지만 세실강은 그 안에 포함된 원력이 망가지면 세실강으로서의 기능을 잃게 되기 때문에 별 의미는 없었다.

몇몇 마법사들이 이들은 마석으로 작동되고 있음을 깨닫고 세실강의 원력에 손상을 주지 않으며 마석만을 파괴하려 들었지만 목숨이 오가는 상황에 금전적 이득을 위해 위험을 감수하는 것은 멍청한 행동이라 할 수 있었다.

몇 명이나 죽을 뻔한 위기에 처하고서야 드래곤 사냥꾼들은 세실강을 포기할 수 있었다.

물론 갑옷은 포기하더라도 검과 방패라도 건지고자 쓰러트린 갑옷 인형 더미를 뒤지는 익시더들이 없진 않았지만 그들은 아무것도 건질 수가 없었다.

세실강 갑옷 인형의 검과 방패는 갑옷과 일체형으로 만들어져 있어 갑옷이 파괴되면 검과 방패도 같이 세실강의 성질을 잃도록 구성되어 있었기 때문이었다.

그런 면에서 보면 마석만을 파괴해 온전한 세실강을 건진다 하더라도 갑옷은 사람이 입을 것을 전제로 만들어지지 않았으며 검과 방패 또한 분해할 수 없으니 사람이 사용할 수 없음은 매한가지였다.

마침 시우 일행을 향해 복도 끝에서 행진해오는 세실강 갑옷 인형들이 나타났다. 이 미로에는 수많은 세실강 갑옷 인형들이 쉬지 않고 순찰을 돌기 때문에 편히 쉬기도 힘든 곳이었다.

"제7번 파티 각자 위치로!"

시우가 외치자 성기사인 데스크와 피나가 전방으로, 그 뒤엔 세리카와 소년 익시더 잔드가, 그 뒤엔 사제인 리즈알과 아루스가, 맨 뒤에는 마법사인 시우와 튀아나가 배치되었다.

전투능력을 감안하면 사제보다 마법사가 전방으로 향하는 것이 옳으나 혹시라도 후방에서 공격을 받을 상황을 미리 감안하여 짠 배치였다.

가장 먼저 사제인 리즈알과 아루스가 먼저 기도문을 외웠다.

육체를 강화하는 리즈알의 성법과 생명력을 강화하는 아루스의 성법이 동시에 터져 나왔다.

"[베헬라의 권능으로 힘을 내려주소서! 육체 강화!]"

"[세일라의 사제 아루스의 이름으로 축복을! 생명 강화!]"

그러자 성기사와 익시더들의 근력과 순발력 스탯이 50가량 상승하고 거기에 더해 체력이 소량, 그리고 생명력이 두 배 가량 상승했다.

이정도만 되어도 세실강 갑옷 인형들과 승부를 내기엔 충분했지만 시우는 안전에 여유를 두고 싶었다.

"[힘이여 솟아라. 스트렝스!]"

시우는 여태껏 스트렝스와 헤이스트를 스스로의 몸에 사용하는 용도로 써왔지만 사실 그것은 타인에게 사용하는 마법이었다.

그것도 그럴 것이 마법사가 스스로의 육체를 강화한다고 제대로 싸울 수 있는 것은 아니니까. 본직 검사에 부직업으로 마법을 배운 시우였으니 스스로의 육체를 마법으로 강화하여 싸울 수 있는 것이다.

순간 시우의 체내에서 2400포인트의 마력이 빠져나가며 성기사와 익시더 4인의 근력이 2배로 상승했다. 이 상태로 앞으로 3분은 활동할 수 있으니 원력으로 무기를 보호하며 싸우면 세실강을 마치 종이와 같이 찢으며 싸울 수 있으리라.

시우는 거기에 더해 헤이스트를 써주고 싶은 마음이 간절했지만 그것만은 자중했다. 헤이스트는 순발력이 빨라지는데 더해 세상이 느려진 듯한 부작용으로 뛰어난 전투능력을 발휘할 수 있지만 그 뒤에 찾아오는 반작용으로 시간멀미를 겪어야 하기 때문에 양날의 검이라 할 수 있었다.

헤이스트는 정말 위험한 상황이거나 보스 몬스터를 쓰러트릴 때가 아니면 사용하지 않는 것이 좋았다.

시우는 드래곤 페더 보우를 꺼내 그들의 전투를 지켜보다가 찢어진 갑옷 사이로 마석이 보이면 화살을 쏘았다.

쒜에엑! 쨍!

마치 빛이 나는 보석과 같은 마석이 깨지자 그 주위로 마력이 흩어지며 세실강 갑옷 인형이 풀썩풀썩 쓰러져나갔다.

그렇게 순찰을 돌던 12마리의 세실강 갑옷 인형을 쓰러트리니 시우의 레벨이 하나 올라 71레벨이 되었다.

마침 리즈알, 아루스, 그리고 시우가 걸어준 버프가 풀리며 최전선에서 싸우던 익시더와 성기사들이 풀썩풀썩 쓰러졌다.

버프의 효과는 평소의 능력을 초월한 힘을 발휘할 수 있어 좋지만 그만큼 체력을 소모하는 기술이기도 했다.

특히 시우의 마법이 더욱 그랬다.

시우가 본인에게 사용할 때는 나타나지 않던 반작용이 있던 것이다.

근육통.

시우의 육체는 게임 캐릭터이기 때문에 나타나지 않은 반작용이었다.

근력을 순간적으로 두 배까지 끌어올리는 시우의 스트

렌스는 그들의 근육을 혹사시켰고 전투가 끝나 버프가 풀리는 순간 반작용이 되어 근육통에 시달렸다.

사제들이 쓰게 웃으며 그들에게 다가가 치료성법을 발휘했다.

그러자 쓰러져 있던 성기사와 익시더들이 언제 그랬냐는 듯 벌떡벌떡 일어났다.

시우는 일단 전투가 끝나자 그들을 한자리에 모아 앉아 회의를 시작했다.

회의의 내용은 본대의 뒤를 쫓아 위로 올라갈 것이냐, 아니면 여기서 임무를 포기하고 탑을 내려갈 것이냐 하는 것이었다.

14층의 보스 몬스터를 상대하기 위해선 목숨을 각오해야하는 이상 당연한 의논이었다.

시우는 의논을 시작하기에 앞서 자신의 입장을 밝혔다.

"만약 여러분들이 임무를 여기서 포기하고 내려가신다 하더라도 저는 내려가지 않을 것입니다."

세리카도 입을 열었다.

"저 또한."

시우의 곁에 남겠다는 짧고도 굵은 표현.

그러나 나머지 6인의 파티원들도 내려가겠다는 의지를 밝히는 자는 없었다.

여기에 모인 사람들은 모두 죽음을 각오하고 드래곤을

사냥하기 위해 모인 용사(勇士), 용기 있는 자들이었다. 죽을 각오가 되어있지 않으면서 드래곤을 사냥하겠다고 나설 멍청이는 이 자리에 없었다.

"하지만 문제는 현실적으로 이곳의 보스 몬스터를 물리칠 수 있느냐는 거예요."

소년 익시더 잔드가 조금은 겁을 먹은 모습으로 입을 열었다.

어린 나이에도 불구하고 천재적인 재능으로 익시더가 된 잔드는 나이에 어울리지 않는 엄청난 실력의 소유자였다. 아마 드래곤을 사냥하지 않더라도 차근히 실력을 쌓는다면 데길의 나이가 되었을 때는 준귀족이 되는 것도 어렵지 않을 것이다.

그런 그가 드래곤 사냥에 참가한 것은 나이에 어울리는 치기였다. 동화에서 등장하는 드래곤 슬레이어를 동경했던 것.

그러나 잔드를 비웃을 수 있는 자는 없었다. 잔드는 그런 동화 속 용사들에 비해 부족함 없는 재능을 가지고 있었으니까.

회의는 올라갈 것이냐 말 것이냐 하는 내용에서 자연스럽게 어떻게 올라갈 것이냐로 바뀌었다.

다들 탑을 올라가야 한다는 것에는 이견이 없는 모양이었다.

그때 시우의 파티에 참가하고 여태까지 한 번도 입을 연적이 없는 여성 마법사 튀아나가 입을 열었다.

"저 놈들의 마석을 이용한다면 가능할지도……."

"마석을 이용한다고요?"

시우가 관심을 보이자 튀아나가 고개를 끄덕였다.

"저 갑옷 인형을 움직이는 마석은 상급의 마석이에요. 마법사길드에서 하나 300파운드에 매매하는 고급품이죠. 그것을 파괴하지 않고 채취해서 모을 수 있다면 지금의 전력으로도 충분히 피해를 보지 않고 보스 몬스터를 쓰러트리는 것이 가능할 거예요."

시우는 새삼스런 표정으로 더 이상 움직이지 않는 금속 덩어리들을 쳐다보았다.

경험치를 올릴 생각만 하고 돈 벌 생각은 전혀 하지 않았는데 화살을 쏘아 방금 부순 마석값만 해도 무려 3,600파운드의 가치를 한다고 생각하니 심장이 덜컹 내려앉을 수밖에 없었다.

시우는 최대한 내색하지 않으려 노력하며 튀아나의 의견을 수렴했다.

마석이란 것이 마력을 담은 보석의 총칭이라 그것이 세실강으로 만들어진 적들에게 얼마나 효과가 있을지는 알 수 없었지만 그냥 싸우는 것보다는 도움이 될 것이 뻔했다.

혹여 마석이 보스 몬스터에게 통하지 않는다 하더라도 시우도 나름대로 준비해둔 필살기가 있었다. 단 한 번 사용하기 위해 엄청난 준비과정이 필요한 기술이기에 이처럼 낮은 층에서 사용하기엔 아까웠지만 본대에 합류를 하는 편이 레벨을 올리기에 효율적이라는 판단이 섰다.

필살기를 사용하게 되는 한이 있더라도 하루라도 빨리 보스 몬스터를 물리치고 상층으로 올라가야 했다.

"하지만 어떻게?"

아루스가 눈살을 찌푸리며 튀아나를 보았다.

"마석은 놈들의 체내에 숨겨져 있어서 발견하는 것은 쉽지 않을 텐데? 발견하더라도 전투 중에 그것을 빼돌리는 것도 쉽지 않은 일이고."

아루스의 목소리는 타고 태어나길 공격적으로 들리는 음성이었다. 거기에 반박하는 어조가 더해지자 아루스의 말은 조금만 오해하면 튀아나를 꾸짖는 듯 공격적으로 들렸다.

그러나 튀아나는 그런 아루스의 말에 크게 반응하지 않고 물어본 것에 대답을 했다.

튀아나는 시우와 잔드를 가리키며 말했다.

"나는 무리야. 하지만 리더랑 잔드라면 아마 가능할 거야."

"뭐가?"

"마석의 위치를 파악하는 것."

아루스가 튀아나에 말에 조금 놀란 듯 시우와 잔드를 쳐다보았다.

"그게 사실입니까?"

시우는 고개를 끄덕이기 전에 튀아나에게 물었다.

"그걸 어떻게 알았지?"

"제 분수는 잘 압니다. 저는 마법사길드에서 활동할 때도 수재, 천재라 불리는 재능을 갖고 있지만 리더와 잔드가 저보다 뛰어난 재능을 갖고 있다는 것은 평소의 통제력만 보아도 알 수 있어요."

시우는 고개를 끄덕였다.

튀아나의 말은 빙빙 돌려서 시우에게 천재보다 뛰어난 재능을 갖고 있다고 내뱉는 찬사와 같았다. 그 사실이 멋쩍었지만 부인할 생각은 없었다.

사실이었으니까.

잔드도 고개를 끄덕였다.

알게 모르게 잔드가 세실강 갑옷을 헤쳐 마석이 드러나면 거기에 시우가 화살을 꽂는다는 협력 플레이를 하고 있었기에 시우도 알고 있던 사실이었다.

이어 설명한 튀아나의 작전은 이랬다.

1. 먼저 익시더와 성기사들이 갑옷 인형을 유인해 끌고 온다.

2. 유인 장소에서 기다리던 사제들이 익시더와 성기사들의 육체를 강화해 갑옷 인형을 견제한다.

3. 잔드와 시우가 놈들의 마석을 감지해서 찾아내고 잔드가 갑옷을 부수는 순간 갑옷이 수복되기 전에 시우가 접근해 마석을 채취한다.

여기서 중요한 것은 마법사, 아니 이제는 사제라고 스스로를 밝힌 시우가 최전선에 뛰어들어야 한다는 점이었다.

동료들이 괜찮겠냐는 시선을 보냈지만 시우로서는 부디 부탁해서라도 추진하고픈 작전이었다.

그도 그럴 것이 유인책? 마무리를 시우가 한다고?

파티가 단합해서 시우의 레벨을 올려주려고 작정한 듯한 작전이었다.

시우로서는 반대할 이유가 없었다.

그렇게 작전 회의를 끝내는 순간 시우의 귓가로 금속과 금속이 부딪히는 날카로운 소리가 들려왔다.

시우는 이 순간에도 리젠을 사용하고 있었는데 그렇기에 모든 감각이 예민하게 발달되어 있어 들을 수 있었던 아주 작은 소리였다.

세실강 갑옷 인형이 걸으면서 내는 소리와는 달랐다. 그것은 마치 격전 중에 검과 검을 마주치며 내는 소리. 이내 사람의 목소리까지 들려온 이상 시우는 확신할 수 있었다.

'14층에 우리 이외의 사람이 있다?'

혹시 제7번 파티 이외의 조도 하층으로 떨어져 내려온 것일까?

시우는 알 수 없었지만 일단 파티원들에게 그 사실을 알리며 의견을 구했다.

파티원들의 선택은 당연히 소리가 들리는 쪽으로 접근하자는 것이었다. 그것도 그럴 것이 만약 그들이 시우 파티와 같은 방법으로 본대에서 떨어져 나온 드래곤 사냥꾼들이라고 한다면 보스 몬스터를 잡는데 크게 도움이 될 전력이니까.

시우는 파티를 이끌고 소리가 들려오는 방향으로 향했다.

시우가 그곳에서 본 것은 잘 짜인 하나의 파티였다. 그러나 결코 드래곤 사냥 임무 본대에서 떨어져 나온 자들은 아니었다.

시우가 그렇게 확신할 수 있었던 이유는 그들 가운데 수인족이 있었기 때문이었다.

머리 위로 두 개의 동물귀가 쫑긋거리고 손목 발목에는 마치 장식처럼 털이나 있었다. 가장 결정적인 것은 둔부에서 뻗어 나온 꼬리였다. 그것을 제외한 신체는 인간과 별로 다를 것도 없는 귀여운 소녀의 모습을 한 유사인종이었다.

리나 Lv.99

수인족의 소녀. 변덕과 호기심으로 둘째가라면 서러운 묘인(猫人) = 캣 패밀리(Cat Family)다. 리나 또래의 묘인이 그렇듯 세상을 향한 호기심에 못 이겨 마을을 나왔다. 강인한 육체능력을 이용해 용병생활을 하다가 비한이라는 이름의 인간에게 트레져 헌터로 고용되었다.

그녀 이외에도 사제 성기사 마법사가 각자 1명씩, 그리고 익시더가 2명 포함된 6인 파티였다. 그들의 설명문을 전부 훑어본 시우는 비한이라는 이름의 익시더 아래 트레져 헌터로 고용된 자들임을 알 수 있었다.

시우도 트레져 헌터는 익히 알고 있었다. 하늘의 기둥에 대해서 조사할 때 심심찮게 등장하는 자들이 바로 이 트레져 헌터라는 자들이었으니까.

보통은 이미 공략된 빈 탑을 뒤지고 다니며 숨겨진 보물이나 버려진 것들을 찾아 돌아다니는 자들을 트레져 헌터라고 불렀다.

하지만 그것은 자칭이 그렇다는 것이지 세상이 그들을 부르는 말은 별로 좋지 않았다.

데스크가 눈살을 찌푸리며 입을 열었다.

"들개들."

들개. 스캐빈저. 청소부.

맹수가 먹고 버린 썩은 시체를 뒤지는 존재들, 쓰레기를 뒤지는 부랑자, 버려진 탑을 청소한다고 해서 붙은 이름은 결코 좋은 것이 아니었다.

그러나 시우는 이들이 평범한 트레져 헌터는 아니라는 것을 알 수 있었다.

고작 6인이었다. 그 외에 동료는 보이지 않았다.

아마 드래곤 사냥꾼들이 쓸고 지나간 뒷자리에 붙어서 여기까지 따라 올라온 듯 보였지만 고작 6인의 파티로 14층의 몬스터인 세실강 갑옷 인형을 상대로 제법 잘 싸우고 있었다.

심지어 그들의 주력으로 보이는 묘인 리나는 그들의 뒤로 물러나서 손톱을 손질하는 여유까지 보여주었다.

"야! 리나! 제대로 싸우지 못해!"

"너무 재촉하지 마. 손톱 갈라졌단 말이냐."

…여유인지는 모르겠지만 아무튼 주력이 빠진 5인으로도 7마리나 되는 갑옷 인형들을 어렵지 않게 상대하고 있었다. 그들의 너머로 쌓인 갑옷 인형의 잔해를 보아하니 이미 여기서만 20마리 가량의 갑옷 인형을 처리한 모양이었다.

리나의 귀가 몇 번 꿈틀거리며 쫑긋거리더니 시우 일행을 돌아보았다.

"어라? 인간이냐."

"뭐? 이런 곳에 사람이 있을 리가……."

성기사가 리나의 말에 대꾸하다가 시우와 시선을 마주치고 인상을 찌푸렸다.

어째선지 그들은 조금 조급해져서 남은 갑옷 인형들을 처리하기 시작했다. 지켜보는 시우도 조마조마할 정도로 급한 모습이었다. 그러나 그들이 쌓아온 경험은 결코 적지 않다는 걸 증명하듯 그들은 무리 없이 갑옷 인형들을 처리할 수 있었다.

시우가 가장 놀란 것은 그들은 그렇게 급하게 행동하면서도 갑옷 인형을 처리할 때 마석을 채취하고 있다는 사실이었다.

성기사와 익시더들의 손에는 각자 둔기에 가까운 무기가 들려 있었는데 갑옷을 뜯어내 마석을 드러내는 용도의 무기로 보였다. 하지만 그런 무기를 들고 있다 하더라도 마석의 위치는 어떻게 알았지?

설마하니 저들 모두가 시우나 잔드와 비교되는 재능을 가졌다는 것은 말이 되지 않았다.

시우의 시선으로 전장에 나부끼는 종이 가루들이 들어왔다. 그러자 여지없이 아이템 설명창이 떠올랐다.

마력흡수지

설명- 세실강을 만드는데 포함될 것이라고 예상되는 희

귀 광석 나이트로석을 갈아 포함시킨 종이. 나이트로석은 마력을 흡수하는 성질을 가지고 있기 때문에 그 가루가 포함된 종이는 마력이 밀집된 장소에 부착하려는 성질을 가진다.

시우는 눈을 동그랗게 떴다.

과연 기발한 방법이었다. 마력 감지 능력으로는 마석이 어디에 있는지 파악하지 못해도 저 마력흡수지라는 아이템을 사용하면 마석이 어디에 있는지 쉽게 판별할 수 있을 것이다.

그저 갑옷 인형들과 조우하면 그 위에 저 마력흡수지를 뿌려놓고 종이가 부자연스럽게 붙어있는 곳을 노리면 되는 것이다.

시우는 그들에게 다가가 아는 체를 하려 했지만 어쩐지 분위기가 이상했다.

트레져 헌터들은 무기를 거두지 않은 상태였다.

뽑아든 무기를 든 채로 시우 일행을 노려보고 있었다.

시우는 그제야 저들의 생각을 읽을 수 있었다.

시우 일행을 또 다른 트레져 헌터, 혹은 트레져 헌터를 노리는 용병들로 본 것이다.

트레져 헌터는 그 직업의 특성상 막대한 가치의 재물을 들고 다니는 자들이었다. 당연히 동업자나 여타 사람들을 경계할 수밖에 없으리라.

그것을 이해한 시우의 행동은 조금은 과할 정도로 정중했다.

"안녕하십니까. 저희는 드래곤 사냥 임무 소속 제7번 파티 체슈조입니다. 괜찮다면 성함을 여쭤도 괜찮겠습니까."

시우의 공손한 태도에 트레져 헌터들은 아주 조금은 경계심을 덜었다.

만약 그들의 재물을 노리고 공격해온 자들이라면 자기소개 따위는 필요가 없었을 테니까.

그러자 트레져 헌터들 가운데 비한이라는 이름의 익시더가 앞으로 나섰다.

"반갑습니다. 저희는 트레져 헌터로 탑에 오른 자들입니다. 부족하나마 파티를 이끄는 익시더 비한이라고 합니다. 무슨 일이신지요?"

비한은 이미 시우의 의중을 파악한 모양인지 역시 정중한 태도로 반응해왔다. 물론 그 눈 깊은 곳에선 경계의 불길이 꺼지지 않았다는 걸 알 수 있었다.

이미 15층으로 올라갔을 드래곤 사냥꾼들이 14층에 있는 이유를 의심하는 것이리라.

시우는 약간의 상황 설명이 필요함을 인식했다.

"저희는 15층에서 함정에 빠져 14층으로 떨어진 파티입니다. 여기서 전투의 흔적을 발견하고 혹시나 저희와 같이 상층에서 떨어진 동료가 있지 않을까 접촉해왔습니다만, 곤란하군요."

비한의 눈에서 경계심이 사라졌다.

트레져 헌터로서 하늘의 기둥을 많이 접해봤으니 시우가 말한 함정에 짐작 가는 바가 있었던 모양이었다. 그러나 그것과는 다른 문제로 비한의 눈에서 시우 일행을 꺼려하는 눈빛은 사라지지 않았다.

"무엇을 도와드릴까요? 혹시 본대에 합류하기 위해 출구를 찾는 중이시라면 안내하겠습니다. 이 주변의 지도는 이미 완성이 되어있으니……."

빨리 시우 일행을 상층으로 올려 보내고 싶다는 생각이 절절하게 느껴졌다.

아무래도 시우 일행의 전력이 막강하리라 예상되니 그 앞에서 돈벌이를 하기에는 눈치가 보였으리라.

아무리 드래곤 사냥꾼들이 명예를 위해 탑을 오른다지만 금전적인 욕구가 아주 없지는 않을 테니까.

아마 상층으로 올라가기 위해 지원을 부탁하면 전면적으로 도와줄지도 몰랐다.

그러나 시우는 파티원들의 눈치를 보며 굳이 그런 부탁을 하지는 않았다. 기왕 이렇게 된 김에 14층에서 올릴 수 있을 만큼의 경험치를 올리고 본대로 합류하고 싶다는 욕심이 들었던 것이다.

마침 좋은 아이디어도 떠올랐다.

"혹시 돈 좀 빠르게 벌어보실 생각 없으십니까?"

시우의 제안에 트레져 헌터들이 흥미를 보였다.

시우의 아이디어란 딱히 대단한 것은 아니었다.

튀아나가 제안했던 유인책과 마석의 채취를 보다 효율좋게 운영하고자 하는 것이 시우의 아이디어였다.

1. 먼저 마법사와 사제를 제외한 3명의 성기사와 리나를 포함한 5명의 익시더들이 미로 같은 통로 구석구석으로 퍼져 갑옷 인형들을 유인해 온다. 이에 걸리는 시간은 10분으로 정하고,

2. 사제와 마법사들이 돌아온 성기사와 익시더들을 강화하고 마력흡수지를 뿌린다.

3. 성기사와 익시더들이 마력흡수지로 마석의 위치를 파악하고 갑옷을 부순다.

4. 드러난 마석을 시우가 채취한다.

5. 1번으로 돌아가 반복한다.

이것이 시우의 작전이었다.

트레져 헌터들은 물론 시우의 파티원들도 고개를 젓는 무리한 작전이었다.

특히 4번이 그랬다. 시우가 몬스터를 잡는데 신경질적으로 집착을 한다는 사실은 잘 알고 있지만 이건 무리가 있다고 말하지 않을 수 없었다.

그러나 70레벨을 찍고 헤이스트 포션을 사용할 수 있게 된 시우로서는 자신이 있었다.

헤이스트 포션은 원래 헤이스트 마법 스킬과 같이 공격 속도와 이동속도를 늘려주는 물약이었지만 이제는 순발력을 3분간 50% 늘려주는 효과로 변경되어 있었다.

헤이스트 마법 스킬과 중복해 사용하면 순발력을 최대 150%까지 올릴 수 있었다.

마침 포션의 쿨타임이 10분, 시간멀미도 10분쯤은 겪게 되니 유인책의 로테이션을 10분으로 하자는 제안이었다.

이미 지난 2개월간 시우와 조를 짜며 헤이스트 마법 스킬을 겪어본 리즈알과 데스크, 그리고 세리카는 찬성표를 던졌지만 나머지 10명은 모두 반대표를 던졌다.

시우는 그들을 납득시키기 위해 체험적으로 헤이스트 포션을 먹고 마법 스킬을 사용해 주었다.

몇몇이 시간멀미로 구토를 해댔다. 그리고 시우의 작전에 찬성했다. 그들도 가속된 시간을 겪으며 이 작전의 가능성을 깨달은 것이었다.

거기에 더해 시우를 대신해 마석을 채취하겠다는 자는 없었다. 오히려 이런 역겨운 반작용을 휴식시간 없이 장기간 버텨내겠다는 시우를 이해할 수 없다는 자들까지 있었다.

시우는 자신의 이득을 최대한 뽑아내기 위한 작전이었지만 결과적으로는 시우의 희생정신을 인정한다는 결과로 작전은 통과가 되는 듯했다.

그러나 트레져 헌터의 사제와 성기사와 묘인 리나는 그냥 평범하게 사냥하면 어차피 마석은 모일 텐데 굳이 리스크를 짊어져야 할 이유를 모르겠다는 것을 이유로 여전히 반대표를 던졌다.

시우는 그들에게 트레져 헌터와 드래곤 사냥꾼들이 나눌 마석의 양은 1:1로 하고 딱 한 번만 협력해서 작전을 성사시킨 뒤 다시 생각해 달라고 부탁해 겨우 작전을 추진할 수 있었다.

그리고 상황은 지금에 이르렀다.

후방에서 접근하는 적을 신경 쓰지 않기 위해 시우는 유인 장소를 막다른 골목으로 정했다. 그리고 10분이 지나 8명이 유인해온 갑옷 인형들은 그 수를 헤아릴 수 없을 만큼 많았다.

"…좆 됐다."

그 엄청난 광경에 트레져 헌터 소속의 사제가 신을 믿는 자라곤 믿을 수 없는 말을 내뱉었지만 시우는 신경 쓰지 않았다.

포션을 마시고 헤이스트 마법 스킬을 발동시켰다.

순발력 : 335 [+150% 효과 적용 중. 남은 시간 180초.]

순발력 100% 상승효과가 적용 중일 때는 체감 시간이 3배정도 되었다. 만약 시간의 흐름이 정비례하게 적용된다고 본다면 순발력이 150% 상승할 때는 대략 체감적인 시간의 흐름이 4.5배가 되어야 정상이었다.

그러나 달랐다. 시간은 기하급수적으로 빨라져 9배가 넘어가고 있었다.

생각보다 유인된 몬스터가 많은 탓에 막다른 골목으로 달려오는 사냥꾼들의 표정이 절망에 빠져 있었다. 오로지 세리카만이 시우를 향한 믿음으로 무덤덤할 뿐이었다.

그들의 표정을 일일이 확인하고도 아직 1초가 지나지 않았다.

시우는 몰려오는 몬스터가 가까이 다가오는 것을 참지 못하고 먼저 달려 나갔다.

시우는 마력흡수지가 없어도 세실강 갑옷 인형의 핵인 마석이 어디에 있는지 감지할 수 있었다.

공기를 가르는 것이 마치 수중을 거니는 듯했다.

이대로 전력을 다해 공기를 훑으면 공중을 헤엄칠 수도 있겠다는 생각이 들만큼.

띠링!

[과도한 움직임으로 인해 육체가 손상을 입습니다. 생명력 10 하락합니다.]

[생명력 11 하락합니다.]

[생명력 7 하락합니다.]

시우가 바닥을 박차고 움직일 때마다 생명력이 떨어졌다.

시우는 평소보다 느리게 움직인다고 인식하고 있지만 순발력이 335라면 원력을 사용하는 세리카보다도 빠른 몸놀림이었다. 그 움직임에 시우의 육체가 견디지 못하고 손상을 입고 있었다.

그 유쾌한 사실에 시우는 피식 웃고 말았다.

전력으로 달려 나가면서도 시우는 여유롭게 아이템창을 열어 스트렝스 포션을 마시고 스트렝스 마법 스킬로 순발력에 버틸 수 있는 근력을 확보했다.

거기에 더해 평소 70레벨이 되면 착용하자고 벼르고 있던 생명의 반지를 착용했다.

생명의 반지(제한 Lv.70)

특수 효과- 최대 생명력 +500.

설명- 마법이 걸린 반지. 착용하는 것만으로 생명력이 늘어난다.

생명력 (645/673) [반지 효과 적용 중.]

시우의 몸이 폭풍과 같이 세실강의 바다를 헤치고 다녔다.

마석이 느껴지는 장소에 리네를 휘둘러 쪼개고 그것을 손으로 벌려 마석을 채취하는 동안 세실강 갑옷 인형은 반응조차 하지 못할 정도였다.

뒤늦게 시우의 움직임을 알아챈 사제와 마법사들이 마력흡수지를 뿌리기 시작했지만 그것을 기다리기엔 가속된 시우의 시간이 너무 빨랐다.

시우는 마력흡수지가 전부 뿌려지기까지의 짧은 순간 이미 6개의 마석을 채취했다.

뒤이어 갑옷 인형을 유인하던 8인의 동료들이 몸을 돌려 갑옷 인형들을 공격하기 시작했다. 이제부터는 그들 사이로 뛰어다니며 마석만 채취하면 될 일이었다.

시우의 경험치가 미친 듯한 속도로 쌓이기 시작했다.

그만큼 생명력도 빠르게 하락했지만 시우에겐 50레벨 제한의 생명력회복 포션이 있었다. 무려 한 병에 생명력을 1,000포인트나 회복시켜주는 포션을 찔끔찔끔 나눠서 마시며 다시 마석을 향해 손을 뻗었다.

그렇게 3분, 체감 시간으로 27분이나 흐르는 동안 마석만 채취하자 시우의 아이템창 속에는 이미 500개에 가까운 마석이 쌓여있었다.

레벨도 두 개나 올라 73레벨이 되었다.

그 후 찾아온 시간멀미는 가속된 시간만큼이나 지옥 같은 순간이었지만 10분 후 정신을 차린 시우가 한 말은 악에 받혀 있었다.

"여기 마석 250개입니다. 계속 갈까요? 이번에는 타임 레그 없이."

시우의 손에서 250개나 되는 마석이 우수수 쏟아졌다.

마치 산처럼 쌓인 마석의 모습에 비한은, 그리고 트레져 헌터들은 마른침을 꿀꺽 삼켰다.

Respawn

NEO FUSION FANTASY STORY & ADVENTURE

18장.
탑의 정상으로

18강.

탑의 정상으로

리스폰

트레져 헌터들에게 시우의 제안을 거부할 이유는 없었다.

훨씬 많은 갑옷 인형을 한 번에 상대한다. = 리스크가 크다.

이러한 이유로 시우의 작전에 반대해오던 트레져 헌터들도 이번 전투로 확실히 느낄 수 있었다.

위험은 더 낮고 더 빠르게 마석을 모을 수 있다.

실제로 상대하는 갑옷 인형의 수는 많으나 쓰러트릴 것까지 감안할 것도 없이 마력흡수지가 부착된 부위에 타격을 입히면 시우가 마석을 채취해 적들이 풀썩풀썩 쓰러지니 위험할 새가 없었다.

고작 13분, 그 중 10분은 유인하는 데 걸린 시간이고 실전투 시간으로 3분밖에 안되는데 상급 마석이 250개나 모였다.

만약 직접 싸워 250마리나 되는 갑옷 인형을 쓰러트리려면 위험한 것은 두말할 것도 없고 시간도 며칠이나 걸렸을 것이다.

트레져 헌터들은 서로 시선을 나누다가 고개를 끄덕였다.

더 이상 이 작전에 반대하는 사람은 없었다.

그렇게 세실강 갑옷 인형의 몰이사냥은 재개되었다.

가장 먼저 지친 것은 성기사였다.

원력과 성력을 모두 다룰 줄 아는 성기사는 막강한 전력이었지만 세실강에 실질적인 타격을 입힐 수 있는 수단은 원력밖에 없었다. 따라서 원력이 부족한 성기사들이 먼저 지쳐 나가떨어질 수밖에 없었다.

3명의 성기사들이 마법사와 사제들에게 섞여 지원으로 돌아가자 갑옷 인형을 유인할 수 있는 것은 5명의 익시더들이었다.

특히 세리카보다도 빠르고 유연한 움직임으로 미로를 누비는 리나는 항상 엄청난 수의 갑옷 인형들을 몰고 왔다.

시우는 시간멀미가 끝나자마자 몰려오는 적들을 확인하

고 악에 받쳐 스트렝스 포션과 헤이스트 포션을 마셨다.

정신력이 깎여 나가는 것이 여실히 느껴졌다. 영혼이 무너지는 듯하다.

실제로 상태창을 열어 확인해보니 51포인트까지 올렸던 정신력 스탯이 35포인트까지 떨어져 있었다.

그러나 시우는 신경 쓰지 않았다.

그것이 일시적인 현상이라는 사실은 지금까지 헤이스트 마법 스킬을 써오며 잘 아는 사실이었다.

전투가 끝난 후 휴식을 취하면 회복된다는 사실을 잘 아는 시우는 도리어 스스로를 더욱 몰아붙였다.

그렇게 2시간을 싸웠을까?

레벨이 3개 오르고 시우의 아이템창에는 상급 마석이 무려 4,000개나 쌓여있었다.

스트렝스와 헤이스트 포션을 각각 19개씩, 50레벨제한 생명력 회복 포션을 47개나 소모하고 얻은 이득이었다.

그러나 시우는 아직 만족하지 못했다. 더욱더 강해질 수 있었다. 이것은 기회였다. 이 세계에서 이런 기회는 쉽게 찾아오지 않는다.

"왜 더 몰아오지 않는 겁니까?"

시우는 시간멀미에서 회복되었는데도 현기증이 가시지 않아 몸을 제대로 가누지 못했다. 이미 시우의 정신력은 한계에 달해 있었다.

그런 시우의 모습에 질색과 감탄을 동시에 느끼며 비한이 대답했다.

"더 이상 갑옷 인형이 없습니다. 갑옷 인형의 잔해가 사라진 것을 보면 아마 어디론가 옮겨져 재생산되고 있을지도 모르겠지만 지금 당장 14층에 갑옷 인형은 더 이상 남아있지 않습니다."

대단한 일이었다.

고작 14명이서 2시간 만에 한 플로어를 완전 정리한 것이다.

"그런가."

시우는 허탈한 목소리로 그렇게 말하고 바닥에 등을 붙이고 누웠다.

체력은 레벨이 오를 때마다 만전의 상태가 되었지만 더 이상 서있을 정신력도 남아있지 않았다.

그리고 그렇게 등을 붙이고 눕는 순간 시우는 그대로 잠이 들고 말았다.

"대단한 인간이냐."

리나의 말에 비한은 동의하며 고개를 끄덕였다.

"리나, 체슈 경을 안전한 곳으로 옮기도록 하죠."

비한은 최대한의 존경을 담아 시우에게 경이라는 존칭을 붙였다.

＋

시우는 뺨을 간질이는 감촉에 짜증을 부리며 손을 휘저
었다.

졸렸다. 더 자고 싶었다. 잠을 방해하는 것이 짜증나 참
을 수 없었다.

시우의 손짓에 뺨에서 느껴지던 감촉이 잠시 사라졌으
나 이내 다른 감촉이 느껴졌다.

쿡쿡!

누군가가 뺨을 찌르고 있었다.

시우는 그제야 정신을 차리고 몸을 일으켰다.

'내가 언제?'

시우는 스스로가 언제 어디서 잠이 들었는지 알 수가 없
었다.

"어! 일어났냐!"

시우의 시선이 묘인 리나에게 닿았다.

복부가 훤히 드러난 짧은 탱크톱에 골반만 간신히 가리
는 핫팬츠를 입은 모습.

피부를 드러낸 노출은 물론 그런 옷차림에도 불구하고
발바닥을 맞대고 앉은 모습에서 조신성이라곤 전혀 찾아
볼 수 없는 모습이었다.

시우의 시선이 저도 모르게 쩍 벌어진 리나의 가랑이에

닿았다.

참으로 시선처리가 곤란했다.

시우는 고개를 돌리며 말했다.

"당신도 여자라면 몸가짐을 조심하시죠."

"응냐? 설마 부끄럽냐?"

리나의 목소리에 장난기가 깃들었다.

리나는 상체를 일으킨 시우의 위로 덮쳐들어 시우를 쓰러트리고 거기에 상체를 바짝 붙였다. 가볍게 말아 쥔 두 손은 발톱을 숨긴 고양이의 발을 흉내 내는 듯했다.

"도대체 어딜 보고 부끄러워한 걸까냐?"

상체를 숙이니 이번에는 탱크톱이 밑으로 쳐져 가슴골이 적나라하게 드러났다.

그리고 그 순간이었다.

시우에게도 익숙한 레이피어의 칼날이 번뜩이며 리나의 목덜미에 가 닿았다.

"…지금 그게 뭐하는 짓이지?"

살기가 덕지덕지 묻어나는 차가운 목소리였다.

세리카였다.

리나의 얼굴이 파랗게 질렸다.

"체슈가 일어났냐."

"뭐!"

세리카가 깜짝 놀라 리나를 옆으로 비켜 세웠다.

"체슈!"

세리카는 시우가 일어났다는 사실에 꽤나 감격한 모양이었다.

세리카가 그대로 뛰어들어 시우를 끌어안았다.

시우는 그저 그런 세리카의 품속에서 난감하게 웃으며 고개를 갸웃거릴 따름이었다.

"내가 그렇게 오래 잤어?"

"3일이다냐."

"뭐?"

"체슈 벌써 일수로 3일이나 자고 있었다냐."

시우는 리나의 말에 한숨을 내쉴 수밖에 없었다.

"어째서 깨우지 않은 거야? 3일이라고? 그렇다면 본대는 벌써……."

16층으로 올라갔을지도 몰랐다.

14층의 보스 몬스터를 쓰러트리고 올라가도 이번에는 15층의 보스 몬스터가 앞길을 가로막는 것이다.

아니, 14층은 길이라도 알고 있었지. 15층에서 출구를 찾아 헤매고 보스 몬스터를 쓰러트리고 할 것을 생각하면 아무리 제7번 파티가 막강한 전력으로 뒤를 쫓는다 하더라도 본대와의 거리는 점점 벌어질 지도 몰랐다.

"물론 깨웠다냐. 하지만 일어나지 않았다냐."

시우는 침음을 삼켰다.

짐작 가는 점이 있었다.

아마 정신력을 전부 소모한 탓에 그것을 회복하기까지 몸이 각성을 거부한 탓이리라.

"앞으로는 절대로 무리하지 마."

세리카가 힘겨울 정도로 몸을 끌어안았다. 그런 세리카의 몸짓과 목소리에서 시우는 격한 우려를 읽을 수 있었다.

"고려는 해볼게."

시우는 세리카의 어깨를 밀었다.

이미 시간은 크게 뒤처졌다. 본대를 따라 잡기 위해선 일분일초를 아껴야만 했다.

시우는 천막에서 나왔다.

그런 시우의 모습을 발견한 사냥꾼들이 아는 체를 하며 모이기 시작했다.

전부해서 14명.

전원이 모인 것을 확인한 시우는 먼저 트레져 헌터들에게 정산을 마쳤다.

"약속했던 상급 마석의 절반. 2,000개입니다. 혹시나 해서 묻지만 따라 올라오실 생각은 없습니까? 어쩌면 앞으로도 이런 기회가 생길지도 모릅니다. 그때는 상급이 아니라 최상급 마석이 될 수도 있고요."

시우의 말에 비한은 두 손을 들며 손 쓸 수단이 없다는 제스쳐를 취했다.

"최상급 마석으로 만들어진 공간압축반지가 가득 차서
요. 더 이상 들어갈 자리도 없습니다. 그리고 저희는 트레
져 헌터입니다. 여기서 따라 올라가면 더 이상 내려오기도
힘들 테죠. 저희는 여기서 이만 내려가도록 하겠습니다."

시우는 안타깝다는 표정을 지었다. 이들의 능력은 드래
곤 사냥꾼들에 전혀 뒤지지 않았다. 만약 이들의 도움을
받으면 본대를 뒤쫓는 속도가 배는 빨라질 것이라 추측했
던 시우는 아쉬울 수밖에 없었다.

"나는 남을 거냐."

"리나? 너 그게 무슨 소리야!"

"돈 많이 벌 수 있대서 트레져 헌터가 됐냐. 하지만 이제
돈은 필요 없냐. 지금은 돈보다 체슈가 더 재밌어 보이냐."

리나의 말에 트레져 헌터 소속의 성기사가 발끈했다. 그
렇게 마음대로 행동하라고 영입한 것이 아니라고 고함을
치려던 것을 비한이 제지하고 나섰다.

"뭐, 묘인의 변덕을 생각해보면 언젠가 이렇게 될 것은
알고 있던 거니까. 목표치도 달성했고 이만 놓아주자.
상급 마석 총 2,250개 중에서 리나의 몫인 375개다."

비한이 손을 뻗자 약지에 끼고 있던 반지의 보석이 번쩍
빛이 났다.

그와 함께 비한의 손에서 상급 마석이 우수수 쏟아졌다.

리나도 거기에 손을 뻗었다. 마찬가지로 비한과 같은 모양의 반지에서 빛이 터져 나왔다. 아마 저것이 최상급 마석을 사용해 만들었다는 공간압축반지겠지.

비한이 쏟아낸 상급 마석 375개가 순식간에 모습을 감췄다.

"그동안 고마웠냐."

"그래. 나도 묘인과 함께 모험을 할 수 있어서 즐거웠다. 부디……."

비한은 잠시 말을 뜸들이다가 체슈 파티 전체를 돌아보며 내뱉듯 말을 했다.

"부디 무사하기를."

비한과 그의 동료 4명은 그렇게 떠나갔다.

시우는 그들이 사라지기까지 한참을 바라보고 있다가 입을 열었다.

"자, 그럼 문제는 14층의 보스 몬스터를 어떻게 쓰러트릴까 하는 문제인데."

시우는 아이템창에서 상급 마석을 꺼내들었다.

상급 마석

특수 효과─ 마력 저장. 3,223포인트의 마력이 저장 중.

특수 효과─ 마리오네트. 인형을 조종해 침입자를 제거하는 마법이 걸려있었지만 지금은 파괴되었다. 새로운 마법을 덧씌울 수 있을 것 같다.

　설명- 마력이 저장된 보석. 3,000에서 4,000포인트의
마력을 저장할 수 있는 상급의 마석이다.

　시우는 감탄했다.

　마력이 3천이나 저장되어 있다니. 상급 마석 두 개면 시
우의 최대 마력량을 넘어가는 양이었다.

　시우는 파티원들을 돌아보며 말했다.

　"이것을 폭탄으로 만들까 하는데."

　시우의 말에 튀아나가 고개를 저었다.

　"미리 말씀드리지만 마법사길드 소속이라고 모두 마법
도구를 만들 기술이 있는 건 아니에요. 복잡한 명령을 입
력하는 것은 무리입니다."

　튀아나의 우려담긴 목소리에 시우는 고개를 끄덕였다.
애초에 그녀에게 맡길 생각은 없었다.

　시우는 상급 마석을 두 손으로 꽉 쥐고 눈을 감았다.

　마석에 포함된 막대한 마력이 시우의 육감으로 느껴지
기 시작했다.

　시우는 마법도구를 만드는 방법을 몰랐다. 마석에 명령
을 입력하는 방법도 어렴풋이 밖에 알 수 없었다. 그러나
마석에 담긴 마력의 속성을 변경하는 것쯤은 마법사라면
모두가 할 수 있는 것이었다.

특수 효과– 소리 폭탄. 마력의 네 가지 속성 중 하나인 소리의 물리력을 이용한 파괴 마법이 걸려있다. 마석을 던져 깨트리면 마석에 담긴 3,223 포인트의 마력이 대상을 파괴할 것이다.

시우는 그것을 확인하고 벽을 향해 마석을 던졌다.

아직 그 위력을 알 수 없었기에 최대한 멀리.

휘익. 쨍!

두우웅!

폭발음은 둔했다. 그냥 소리만 듣는다면 큰 위력이 있어 보이진 않는 소리. 그러나 결과물은 놀라웠다.

엄청난 위력의 후폭풍이 몰아쳤다. 폭탄의 결과물이 어떨지 바라보던 시우의 파티원들이 두 눈을 제대로 뜨기도 힘들 정도의 바람.

그리고 몰아친 바람은 다시 진원지를 향해 빨려 들어갔다. 폭탄의 위력으로 진공 상태가 된 자리로 공기가 돌아가며 나타난 현상이었다.

"이 정도면 충분하려나?"

시우는 소리 폭탄이 만들어낸 참상에 만족하면서도 굳이 물어보았다.

마석이 폭발을 일으킨 반경 10미터가 초토화되어 있었다.

"으음, 폭발반경을 줄이면 더 큰 위력을 기대할 수 있겠

네요."

시우는 튀아나의 대답에 화들짝 놀랐다.

지금의 위력도 충분히 뛰어난데 여기서 더 강한 위력을 낼 수 있다고? 그것도 폭발반경을 줄여서?

"그런 게 가능해?"

"뭐, 어깨 너머로 배운 것이 있으니까요. 마력의 영향 범위를 줄이고 좁은 곳에 큰 위력을 발휘하는 마법은 기초 중에 기초입니다."

"아니, 그거면 충분해!"

시우는 서둘러 소리 폭탄을 하나 더 만들어 튀아나에게 넘겨주었다.

튀아나는 그 마석을 떨어트리면 폭발한다는 사실을 아는 만큼 조금은 부담스러워 하는 눈치였지만 약간의 시간을 들여 명령을 입력하더니 다시 시우에게 넘겨주었다.

특수 효과− 고성능 소리 폭탄. 마력의 네 가지 속성 중 하나인 소리의 물리력을 이용한 파괴 마법이 걸려있다. 마력의 영향범위를 축소해 위력을 늘렸다. 범위 내의 물건이라면 뭐든지 파괴할 수 있을 것 같다.

시우는 아이템 설명문을 읽어 이미 확인할 수 있었지만 파티원들도 그 위력을 확인할 수 있게끔 그것을 던져보았다.

쨍! 텅!

둔탁했던 폭발음이 철판을 두드리는 듯한 기묘한 소리로 바뀌었다. 충격파도 사라졌다. 그러나 폭탄이 터진 반경 50센티미터 내부에는 아무것도 남아있지 않았다.

마치 물질을 분해해 소멸이라도 시킨 듯한 모습.

시우는 결과물이 만족스러웠다.

시우는 아이템창에서 상급 마석을 90개 꺼내 그것을 소리 폭탄으로 만들어 튀아나에게 넘겨주었다. 튀아나는 그것을 고성능 소리 폭탄으로 개조했고 그렇게 만들어진 고성능 소리 폭탄 90개를 파티원들에게 각자 10개씩 나눠주었다.

그 위력을 확인했던 파티원들은 역시나 그것을 들고 있는 것조차 부담스러워했다. 하지만 그만큼 전투에는 큰 위력을 발휘하겠지.

"자, 그럼 보스 몬스터를 사냥하러 가볼까!"

시우의 외침에 8인의 파티원들이 시우의 뒤에 따라 붙었다.

보스 몬스터 아머드 소울 듀란이 지키고 있는 14층의 출구까지는 금방이었다. 이미 한 번 본대와 함께 거쳤던 길이기도 했고 비한이 탑을 내려가기 전에 지금까지 정리해둔 지도와 마력흡수지를 포함해 탑 공략에 필요한 물품들을 다수 남겨두었기에 길을 찾는 것은 어렵지 않았다.

5미터나 되는 신장, 타오르는 푸른 안광은 그의 영혼인가.

듀란이 먼저 체슈 파티를 발견하고 왼손의 방패를 들어 자세를 잡았다. 전신을 방패로 가리고 눈 위만 드러내 자세를 한껏 낮춘 듀란의 모습은 성벽 위에서 먹이가 올라오길 기다리는 호랑이를 닮았다.

가장 먼저 전투에 뛰어든 것은 성기사들이었다. 특히 베헬라의 성기사 데스크는 빠른 승부를 노리는 것인지 바닥을 박차고 나감과 동시에 기도문을 외쳤다.

"[두려운 것은 헛된 죽음! 바라는 것은 영광된 죽음!]"

이름-데스크

레벨-56

종족-인간

칭호-베헬라 교단 소속 성기사

[칭호 효과- 평민 이상, 준귀족 이하의 권력]

생명력 (249/249)

성력 (0/5,513)

원력 (12/12)

근력 : 140 [+55 성력 폭발 효과 적용 중. 남은 시간 9초.]

순발력 : 161 [+55 성력 폭발 효과 적용 중. 남은 시간 9초.]

체력 : 154 [+55 성력 폭발 효과 적용 중. 남은 시간 9초.]

정신력 : 74 [+55 성력 폭발 효과 적용 중. 남은 시간 9초.]

순간적으로 데스크의 육체능력이 90레벨에 가깝게 증가했다.

특히 정신력이 74포인트나 된다는 것은 굉장한 것이었다. 신앙심으로 정신력을 무장한 데스크는 더 이상 죽음이 두렵지 않았다.

데스크는 그렇게 증폭된 육체능력과 정신력을 최대한 이용했다.

폭발적인 속도로 달려 나간 데스크는 듀란에 비교해 낮은 키를 이용해 듀란의 방패를 아래에서 위로 쳐올렸다. 듀란의 육체능력은 122레벨이나 되었지만 74포인트의 정신력을 이용해 발휘한 데스크의 아우라는 듀란의 출력을 넘어서고 있었다.

투콰앙!

방패와 방패가 부딪혔다고는 믿을 수 없는 소리가 터져 나오며 듀란의 커다란 방패가 위로 들렸다. 듀란의 하반신이 드러난 것이다.

그때 베헬라의 사제 리즈알의 기도문이 터져 나왔다.

"[베헬라의 권능으로 힘을 내려주소서! 육체 강화!]"

리즈알의 성력이 3,000 감소하며 데스크와 함께 뛰어나 갔던 여성 성기사 피나의 근력, 순발력, 체력이 30포인트 씩 상승했다. 급하게 쓴 성법이었기에 스텟의 상승폭은 높지 않았지만 피나에겐 그것으로 충분했다.

피나는 방패가 활짝 열린 듀란의 품으로 파고들어 검을 찔러 넣었다. 성력이 띈 강화 속성으로 육체를 강화하고 검에는 원력을 밀어 넣으며 전력을 다해!

쨍강!

그러나 그런 피나의 공격이 무색하게 검은 부러지고 말았다.

듀란은 육체에 공격을 허용하고 말았지만 듀란의 육체는 방패와 같은 재질이었다. 하물며 원력을 사용할 줄 아는 듀란은 원력을 씌운 검에 대항해 몸에 원력을 씌워 공격을 막았다. 현존하는 최고의 금속인 세실강과 맞부딪힌 피나의 검이 부러지는 것은 어찌 보면 당연한 결과였다.

듀란의 검이 피나에게 떨어졌다. 피나는 방패를 들어 막았지만 5미터의 거구에서 나오는 괴력에 버틸 재간은 없었다.

피나의 몸이 마치 고무공이라도 된 듯 튕겨 나왔다.

그러나 피나의 역할은 그것으로 충분했다.

"문이 열렸다! 폭탄 던져!"

시우가 외치자 마석을 들고 대기하던 나머지 7명의 동료들이 동시에 그것을 던졌다. 듀란은 그것을 보면서도 막을 수가 없었다.

방패는 데스크에 의해 젖혀졌고 검은 피나를 공격하고 아직 회수하기 직전의 상태였다.

마치 문이 활짝 열린 듯한 모양새. 고성능 소리 폭탄은 듀란의 몸에 직접타격을 입힐 수 있었다.

터터터텅!

그러나 세실강은 명불허전이었다. 고성능 소리 폭탄은 수아제트의 마력으로 보호받는 벽마저도 소멸시킬 정도의 위력을 담고 있었지만 세실강은 몇 곳에 찌그러졌을 뿐 큰 피해가 없었다.

폭탄에서 뿜어져 나오는 마력을 흡수해 마력에 의한 피해량을 최소화시킨 것이었다.

"젠장! 계속 던져!"

시우의 외침에 파티원들은 열심히 소리 폭탄을 꺼내 던졌다.

듀란은 잠시 주춤거렸으나 이내 자세를 바로 잡으며 방패를 들었다. 방패 너머로 잠시 듀란의 몸, 세실강이 회복되는 것이 보였다.

'루카와 데길이 괴물이었군.'

힘을 합쳐 쓰러트렸다곤 하지만 이런 괴물을 반격의 여

지도 없이 쓰러트리다니.

시우는 인상을 찌푸렸지만 아직 가망은 버리지 않았다.

전투는 이제 막 시작되었을 뿐이었다.

그 순간 세일라의 사제 아루스가 주문을 외웠다. 데스크는 아직도 듀란의 앞에서 방패를 들고 있었다. 성력을 폭발시켜 스텟이 대폭 상승했다고는 하지만 듀란의 공격을 정통으로 맞으면 데스크라고 해도 무사할 수 없었다.

"[세일라의 사제 아루스의 이름으로 축복을! 생명 강화!]"

그러자 데스크의 생명력이 두 배 가량 상승했다.

생명력 (497/498) [+100% 효과 적용 중. 남은 시간 60초.]

그 순간 아우라로 불타오르는 듀란의 검이 데스크의 방패 위로 떨어졌다. 데스크는 남은 원력을 쏟아 부어 그 공격에 맞섰지만 생명력을 400포인트 가량 잃고 나가떨어졌다.

아루스의 재치가 아니었으면 즉사했을 충격이었다.

시우가 주문을 외웠다.

"[힘이여 솟아라. 스트렝스! 시간이 가속된다. 헤이스트!]"

대상은 성기사에 뒤이어 달려 나간 익시더들!

시우의 마력이 1,200 감소하며 3명의 익시더들은 근력과 체력이 두 배 상승했다. 유지 시간은 1분! 익시더들은 시간이 가속되는 감각을 느끼며 듀란을 마구 짓쳐나갔다.

그들의 움직임에 듀란은 방패로 버티고 서서 간간히 검을 휘둘렀지만 듀란은 좀처럼 공격을 성사시킬 수 없었다.

그도 그럴 것이 듀란을 짓쳐나가는 3명의 익시더들은 각자가 천재라는 한 마디로는 형용할 수 없는 실력자였기 때문이었다.

알테인 세리카.

검의 영재, 잔드.

묘인 리나.

은빛 폭풍이 몰아치고 잔드의 검이 듀란의 방패를 꿰뚫었다. 특히 묘인 리나의 싸움은 엄청났다.

리나는 무기나 방패도 들지 않고 자유롭게 듀란의 몸을 타고 다니며 원력으로 강화된 손을 듀란의 몸에 꽂아 넣었다.

시우와 리즈알, 아루스는 기회를 살피다가 듀란의 머리에 고성능 소리 폭탄을 던졌다.

터터텅!

투구가 찌그러지고 검과 방패가 축 늘어졌다. 그러나 그것도 잠시였다.

듀란의 낌새가 바뀌었다.

끄아아아!

듀란이 포효를 질렀다. 그러나 그것은 단순한 소리가 아니었다. 이를테면 영혼의 부르짖음.

듀란의 전신에서 뿜어져 나온 아우라가 진득하게 익시더들의 발을 붙잡았다.

"응냐! 이게 뭐냐!"

시우의 헤이스트 마법 스킬로 빨라진 발이 붙잡히자 3명의 익시더들은 허수아비가 되고 말았다.

듀란의 검이 바닥을 쓸고 지나갔다.

세리카와 잔드가 원력을 담은 검으로 방어하고 리나도 전신에 아우라를 일으키며 맞섰지만 몸이 튕겨나가는 것은 어쩔 수가 없었다.

다행히도 신체가 절단되거나 목숨이 위험한 타격을 입은 파티원은 없는 모양이었다. 그러나 리나의 모습이 이상했다.

"아프냐. 너 마음에 안 드냐!"

리나의 전신에서 휘몰아치는 아우라의 색이 파란색에서 황금빛으로 바뀌었다.

"저건?"

처음 보는 모습이었다. 그러나 시우는 저것이 무엇인지 알고 있었다.

포스칸은 원력을 일으키면 전신에 문신이 나타난다.

알테인은 원력을 이용해 날개를 거대화 시킬 수 있었고, 마찬가지로 수인족은 원력을 이용해 스스로가 속한 종의 특성을 강화할 수 있었다.

리나의 근육이 부풀어 올랐다.

뿌득 뿌드득 골격이 뒤틀리는 소리와 함께 160센티미터의 작은 키가 순식간에 2미터를 넘어갔다. 부풀어 오른 근육 탓에 옷이 찢어져나갔다. 털이 자라났다. 손에선 손톱이 자라났다. 그러나 소녀의 모습을 했을 때와는 그 형태가 달랐다. 마치 맹수의 그것을 닮은 손톱은 어지간한 강철은 맨손으로 잡아 찢을 수 있을 듯 날카로웠다.

마침내 주둥이가 맹수의 그것처럼 튀어나온 리나에게 더 이상 어린 소녀의 모습이 남아있지 않았다.

'저건 고양이가 아니라 백호잖아.'

시우는 변형을 마친 리나의 모습을 보고 그렇게 생각할 수밖에 없었다. 호랑이 특유의 얼룩무늬만 없을 뿐이지 그것은 이족보행을 하는 백호라고 할 수밖에 없는 모습이었다.

덩치가 커져 조금은 둔해 보이는 모습과 다르게 리나는 엄청난 속도로 듀란에게 달려 나갔다. 그러나 전신에서 아우라를 줄기줄기 흘리기 시작한 듀란의 움직임도 확실히 이전과는 바뀌어 있었다.

리나의 눈에 담기도 힘든 움직임에 듀란은 정확히 반응하고 있었다.

방패로 공격을 튕겨내고 검을 내리치고, 막고 치고 틀에 박힌 기본기가 엄청난 속도에서 이루어지고 있었다.

변형된 리나는 난폭한 아우라를 풍기며 듀란을 짓쳐나갔지만 이에 대응하는 듀란의 기본기는 매우 튼튼했다. 잠시 주저하며 물러서던 듀란이 도리어 리나를 밀어내어 몰아세우기 시작했다.

'여기서 쓰고 싶지는 않았는데.'

기대하던 마석도 별다른 효과를 보지 못했고 성기사와 익시더들도 다친 상태였다. 아직 사제와 마법사들은 온전했지만 성력과 마력은 크게 도움이 되지 않는 상태였다.

절체절명. 필살기를 쓰기엔 적절한 상황이었다.

시우는 지금 남아있는 모든 마력을 검에 모았다.

"리나! 뒤로 뛰어!"

흥분한 리나가 말을 듣지 않으면 곤란한데, 시우는 걱정했다. 하지만 야수와 같은 모습으로 변했다고 해서 이성까지 잃거나 하진 않은 모양인지 리나는 시우의 목소리에 반응했다.

리나는 즉시 듀란에게 마지막 일격을 먹이고 뒤로 물러났다.

물론 듀란은 즉시 물러서는 리나의 뒤를 쫓았지만 그것은 시우가 허락하지 않았다.

"[비룡참!]"

시우의 검에서 나온 거대한 용이 듀란을 물고 날아갔다.

그러나 그것은 마력으로 이루어진 검사 스킬이었다. 세실강으로 이루어진 듀란에게 큰 타격은 기대하기 힘들었다. 그럼에도 불구하고 이 스킬을 사용한 것은 데미지를 무시한 넉백 효과가 뛰어났기 때문이었다.

듀란은 용이 밀어내는 힘에 이겨내지 못하고 점점 뒤로 물러서기 시작했다. 용의 주둥이에 검과 방패를 쑤셔 넣고 갈기갈기 찢으려 했지만, 생물도 아닌 비룡의 입을 찢는다고 해서 사라질 기술이 아니었다.

시우는 그 사이에 파티원 전원을 뒤로 물리고 포션을 마구 마시기 시작했다.

더블 터치를 하면 보다 손쉽게 포션을 마실 수 있었지만 지금 시우는 아이템창의 인터페이스를 열고 있을 틈이 없었다.

스텟을 분배해야했으니까.

이름-최시우

레벨-76

종족-인간

칭호-탑 도전자

[칭호 효과- 탑 내부의 적을 쓰러트릴 경우 경험치 소량 가산.]

생명력 (678/678) [반지 효과 적용 중.]

마력 (1,355/6,078)

원력 (?/?)

근력 : 93

순발력 : 136

체력 : 83

정신력 : 51

남은 스텟 포인트 : 78

상세정보…….

'남은 스텟 포인트가 78개.'

시우는 그것을 전부 순발력에 분배하며 마력회복 포션을 마구 마셨다.

스트렝스와 헤이스트 물약은 이 남은 스텟 포인트를 모두 분배한 후에 사용해야만 했다.

헤이스트의 마법 주문은 '시간을 가속한다.' 다. 그러나 그 기술의 실체는 정말로 시간을 가속하는 것은 아니었다.

순발력을 갑자기 상승시켜 순간적으로 몇 배나 되는 사고능력, 반사 신경을 획득해 시간이 느려진 것처럼 '착각'하게 되는 기술이다.

요점은 시간이 느려지는 현상은 갑자기 순발력이 상승된 부작용, 사이드 이펙트라는 사실이었다.

그렇다면 남은 스텟 포인트를 모아뒀다가 한 번에 올리면 스킬 없이 그 현상을 겪는 것이 가능할까?

혹은 스텟 포인트를 한 번에 전부 분배한 뒤에 거기에 포션과 스킬로 순발력을 폭발적으로 증가시키면 그 효과는?

순발력이 100% 증가했을 때 겪은 체감시간의 흐름이 3배, 순발력이 150% 증가했을 때는 9배나 빨라졌다.

그렇다면 순발력이 기존 수치의 400% 증가한다고 한다면?

순발력 : 535 [+50% 효과 적용 중. 남은 시간 180초.]
[+100% 효과 적용 중. 남은 시간 60초.]

시우의 시간이 정지했다.

그러나 정말로 시간이 정지한 것은 아니었다.

어디까지나 이것은 시간이 느려진 것처럼 '착각' 하게 되는 현상이니까.

그러나 시우는 감히 말할 수 있었다.

지금 이 순간 이곳의 시간은 시우의 것이라고.

그 정도로 시우는 지금의 현상에 흡족할 수 있었다.

레벨을 올리고 상태창을 킬 때마다 남은 스텟 포인트를 분배하고 싶은 유혹을 견뎌내고 얻어낸 달콤한 과실이었다. 이만한 효과가 없었으면 하지도 않을 뻘짓이었다.

그러나 효과는 기대 이상이었다.

이 짓을 다시 하기는 어렵다. 아무리 남은 스텟을 쌓아 봐야 이제는 기본 순발력 스텟이 너무 높아 큰 효과는 기대할 수 없으니까.

아마 정지된 시간을 겪는 것은 지금이 마지막일 것이다.

시우는 발을 움직이려 했다. 그러나 몸이 움직이지 않았다.

정확히 말하면 움직이는 것을 느끼지 못할 만큼 천천히 움직였다.

그마저도 무리한 움직임이었는지 알림창이 떴다.

띠링!

[과도한 움직임으로 인해 육체가 손상을 입습니다. 생

명력 17 하락합니다.]

'햐. 이거 듀란을 쓰러트리려면 하루 온종일이 걸리겠는데.'

시간이 느려진 탓에 몸을 움직이는 것도 힘든 시우였지만 정작 시우를 미치게 하는 것은 달리 있었다.

눈을 깜빡이는 짧은 순간.

그것이 시우에겐 너무나도 긴 시간이었던 것이다.

시우는 이 전투가 끝나기까지 눈을 감지 않으려 노력하며 한참을 걸려 겨우 듀란의 코앞까지 도달할 수 있었다.

푸르게 불타오르는 듀란의 안광이 시우의 잔상을 쫓고 있었다.

'너는 그러니까 안 되는 거야.'

시우 아이템창을 열어 생명력 회복 포션을 더블 터치했다. 최대 생명력이 700도 안 되면서 회복량이 1,000이나 되는 포션을 쓰는 것은 아까운 기분이 들었지만 그것을 꺼내 뚜껑을 열고 액체가 떨어져 나오는 것을 입으로 받아 목으로 넘기는 시간은 도무지 참을 수 없을 만큼 긴 시간이었다.

시우는 아주아주 긴 들숨이 끝나 폐가 가득 찼다는 사실을 인식하며 천천히 날숨을 내뱉기 시작했다.

듀란은 그제야 시우의 위치를 정확히 파악할 수 있었다.

하지만 그것은 이제야 겨우 눈으로 쫓았다는 뜻으로 듀

란의 손은 아직도 공격을 시작할 기미가 보이지 않았다.

그것을 확인한 시우는 달려 나온 관성을 이용해 그대로 도약했다. 듀란의 머리는 지상으로부터 5미터. 참으로 갑갑한 이야기지만 여기서 몸체를 두드리고 있느니 목을 확실히 공략해 영혼이 담겨 있는 것으로 생각되는 머리를 동체에서 떼어내는 것이 최선이라고 판단했기 때문이었다.

오랜 시간을 들여 간신히 5미터 높이까지 도약하자 이제야 움직이기 시작하는 듀란의 검이 보였다. 그러나 아직 시간은 많았다. 시우는 리네를 휘둘러 듀란의 목을 치기 시작했다.

마력은 효과가 없다. 그렇다고 원력이 있는 것도 아닌 시우가 듀란에게 타격을 입힐 수단은 리네밖에 없었다.

리네가 듀란의 목을 치고 튕겨 나왔다. 듀란의 목이 아주 약간 패인 것이 보였다.

성과가 작았지만 시우는 실망하지 않았다. 이제 겨우 일격일 뿐이었다. 시우는 정지에 가까운 시간 속에서 정확히 같은 곳을 노리고 리네를 재차 휘둘렀다.

한참을 그렇게 공격하고 있으니 3번째 공격을 할 때 쯤 듀란의 검에서 예기가 느껴졌다. 어느새 듀란의 검이 시우의 지척까지 다가온 것이었다.

시우는 그것을 말 그대로 종이 한 장 차이로 피하며 계속해서 듀란의 목을 향해 검을 휘둘렀다.

듀란의 검을 피하는 것은 가만히 서있는 전봇대를 피해 걷는 것처럼 쉬운 작업이었지만 듀란의 목을 베어내는 것은 정말로 지루한 작업이었다.

시우는 듀란의 목을 베며 같이 손상되기 시작한 리네에 마력을 불어넣었다. 세실강은 마력을 먹고 자라는 금속. 마력만 충분히 지급되면 회복하는 것도 가능했다.

오랜 시간에 거쳐, 듀란의 공격을 십 수 번이나 피해낸 후 시우는 결국 해냈다.

5미터의 거구에 어울리는 두터운 세실강 목을 잘라내자 가장 먼저 세실강의 핵이 되는 원력이 상해 재질이 변질되는 것이 느껴졌다. 여전히 아머드 소울 듀란의 영혼은 그 안에 남아있었지만 그 몸은 허약하기 이를 데가 없었다.

단 한 번, 다시 한 번 휘두른 검에 듀란의 전신이 무너져 내리기 시작했다.

따단!

[업적 달성! 최시우님은 번개와 같은 몸놀림으로 수아제트의 탑 14층 보스 몬스터를 쓰러트렸습니다.]

[획득 경험치가 가산됩니다.]

띠링!

[레벨이 3 상승하셨습니다.]

[레벨업 효과로 생명력과 마력, 원력이 회복됩니다.]

[스탯 포인트가 6개 자동분배 됩니다. 남은 스탯 포인트가 9개 상승합니다.]

[모든 상태이상 효과가 회복됩니다.]

시우는 그것을 보면서 쓰게 웃었다.

'시간멀미에 걸렸을 때 상태이상 효과가 회복되면 반작용을 겪지 않아도 되려나?'

이정도로 빠르고, 긴 시간을 가속했다. 그만큼 반작용도 심하리라 예상되기에 시우의 염려는 당연한 것이었다. 그러나 시간멀미 도중에 레벨업을 할 수단은 없으니 시우로선 온전히 반작용을 감당할 수밖에 없었다.

상태이상회복 포션을 사용할 수 있으면 좋겠지만 그것은 레벨제한이 100이나 되는 물건이었다.

아쉬움을 느끼며 바닥에 착지해 시간의 가속 현상이 끝나기를 기다리던 시우는 내심 의문을 느끼며 상태창을 열어보았다.

순발력 : 535 [+50% 효과 적용 중. 남은 시간 151초.]

[+100% 효과 적용 중. 남은 시간 31초.]

'아직도 반밖에?'

시우는 질색을 느끼면서 눈을 감았다. 지금까지의 경험상 시간멀미를 최소화하는 것은 그만한 것이 없었으므로.

시간멀미에서 벗어난 시우의 시선으로 가장 먼저 들어온 것은 원력으로 변형을 한 탓에 옷을 잃은 리나가 동료의 겉옷을 빌려 두르고 있는 모습이었다.

원래 탑을 올라오기 전에 여분의 옷은 충분히 준비를 해뒀는데 14층까지 올라오면서 옷을 전부 찢어먹어 더 이상 옷이 남아있지 않았던 것이다.

"그러면서 변형은 왜 하셨어요."

리나는 이제는 고철이 되어버린 듀란의 잔해를 가리키며 말했다.

"쟤가 짜증나게 하잖냐. 그래서 나도 모르게 그랬냐."

시우는 질색하는 모습으로 고개를 저으며 아이템창에서 여분의 옷을 빌려주었다.

빌려준다고는 해도 리나가 입을 옷이 없는 이상 사실상 공짜로 주는 것이지만 리나는 그만큼 체슈의 파티에서 제 몫을 해줄 테니 별 상관은 없었다.

시우가 옷을 넘겨주는 순간 리나는 부끄럽지도 않은지 겉옷을 벗어던져 알몸을 그대로 드러냈다.

부끄러워하는 모습의 시우를 보며 '냐하하하!' 하고 장난스럽게 웃는 모습을 보아 고의적인 행동임에 틀림없었지만 시우로선 뭐라고 할 말이 없었다.

이런저런 일이 있었지만 결국 제7번 파티 체슈조는 15층으로 올라갈 수 있었다.

그러나 염려하던 대로 드래곤 사냥 임무의 본대는 찾을 수가 없었다.

이미 15층의 보스 몬스터를 사냥하고 16층으로 올라간 것.

아마 제7번 파티의 8명은 사망한 것으로 판단한 것이겠지. 하늘의 기둥은 그런 곳이었다. 약속한 시간까지 보이지 않는다 싶으면 자연스레 죽은 것으로 판단하는 매우 위험한 장소.

다행인 것은 14층이 세실강으로 만들어진 인형들이 나오는 바람에 시우에게는 상극이었던 것에 반해 15층은 14층의 몬스터들보다 레벨은 더욱 높으면서 사냥은 한결 수월했다는 점이었다.

제7번 파티는 빠르게 15층을 훑으며 출구를 찾았고 7일 만에 15층을 돌파했다.

그들이 리나를 포함해 단 9명이라는 것을 감안하면 매우 빠른 시간이었다.

그러나 16층에서도 본대는 찾아볼 수가 없었다.

체슈조가 15층을 헤매는 사이 본대는 이미 16층을 공략해 17층으로 올라갔던 것이다.

길고 긴 술래잡기의 시작이었다.

14층에서 채취한 마석으로 만든 고성능 소리 폭탄은 세실강이 가진 절대적인 항마력에 의해 무용지물이었지만 15층 이상의 보스 몬스터들에게는 엄청난 효력을 발휘했다.

길을 찾는 것에 시간을 소모해서 그렇지 출구만 발견하면 보스 몬스터를 쓰러트리는 것은 매우 쉬운 일이었다.

성기사와 익시더들이 앞으로 나서 보스 몬스터의 시선을 끄는 동안 소리 폭탄을 던지면 매우 손쉽게 데미지를 입힐 수 있었으니까.

마석은 빠르게 소모되었지만 비한에게 마력흡수지를 넘겨받은 체슈조는 최상급 마석을 채취해 더욱 위력 높은 소리 폭탄을 재조하며 빠르게 탑을 올라갔다.

그러나 아무리 체슈조에 체슈가 포함되어 있고 마석의 도움을 받는다 하더라도 본대에는 데길과 루카가 있고, 조를 나눠 탐색할 수많은 사냥꾼들이 있었다.

탑 도처에서 드래곤 사냥꾼으로 보이는 시체가 간간히 보였지만 체슈조가 본대를 따라잡는 것은 결코 쉽지 않은 일이었다.

그렇게 8개월이 지났다.

시우는 이제 육체나이로 17살이 되었다.

키도 컸다. 탑을 오를 당시 168센티미터였던 시우도 자라서 175센티미터가 되어 제법 남자다운 티가 나고 있었다.

긴 머리를 뒤로 묶어 정리했던 시우는 어느새 머리를 짧게 정리한 상태였다.

바뀐 것은 키나 헤어스타일뿐이 아니었다. 입고 있는 장비와 장신구도 제법 많이 바뀌었다.

바뀌지 않은 것이라고 한다면 여전히 허리에 패용하고 있는 리네 정도일까?

지난 8개월간 몬스터를 잡고 더 높은 층으로 올라오는 것만 생각한 시우의 레벨은 이미 155레벨을 찍은 상태였다. 덕분에 시우가 착용할 수 있는 무기의 수는 굉장히 많아졌지만 그중에 리네의 공격력을 따라오는 무기는 존재하지 않았다.

시우의 최대 마력량은 지난 8개월 동안 8,000이상 늘어나 새로 착용한 반지효과를 더해 마법사길드에서 천재라고 불린 튀아나의 최대 마력을 따라잡은 상태였다.

생명의 반지(제한 Lv.140)

특수 효과- 최대 생명력 +1,000.

설명- 마법이 걸린 반지. 착용하는 것만으로 생명력이 늘어난다.

마력의 반지(제한 Lv.90)

특수 효과- 최대 마력 +20%.

설명- 마법이 걸린 반지. 착용하는 것만으로 마력이 늘어난다.

생명력 (1,326/1,326) [반지 효과 적용 중.]
마력 (17,636/17,636) [반지 효과 적용 중.]

시우의 아이템창에는 최대 생명력을 50% 늘려주는 유
니크 반지가 있었지만 지금은 그것을 끼워봐야 생명력이
163포인트밖에 늘어나지 않으니 지금으로선 저 반지가 가
장 좋은 선택이었다.

'지금 바깥은 6월쯤인가? 해가 보이지 않으니 도대체가
시간을 알 수 있어야지.'

시우는 속으로 투덜거리면서 60층으로 올라가는 문을
열었다.

그리고 그곳에서는 전혀 기대하지 않았던 광경이 펼쳐
지고 있었다.

웅성웅성.

체슈조가 드디어 드래곤 사냥 임무의 본대를 따라잡았다.

본대의 인원수는 제법 줄어 있었다.

처음 임무에 참가했던 100명 중 반수 이상이 사라지고
없었다.

대충 셈해 보아도 성직자들은 그 수가 10명도 남지 않았
고 용병들도 30명 남짓 남은 것이 전부였다.

무엇보다 꼴이 말이 아니었다.

원래 이런 생활이 익숙한 용병들은 물론 청결에 대해서 시끄럽던 성직자들도 어느 순간부터는 씻을 여유도 없었던 탓이다.

식량도 문제였다. 애초에 식량도 포션도 제법 넉넉하게 챙겨오긴 했으나 습격해오는 몬스터들을 상대하는 사이 그것이 든 공간압축상자를 짊어진 사냥꾼들이 죽어나가는 바람에 식량은 금방 축나고 말았다.

하늘의 기둥은 넓고 그 안에는 다양한 동식물들이 생활하고 있지만 사냥꾼들이 먹을 수 있는 것은 많지 않았다.

벽의 습기로 자라나는 이끼들, 나무뿌리, 썩은 나무에서 꿈틀거리는 벌레들.

그리고 몬스터들.

그들은 입에 델 수 있는 거라면 동료를 제외하고 전부 먹었다. 몬스터를 상대하는 것보다도 굶주림에 저항하는 것이 더욱 힘들어지기 시작했고 드디어 그들은 여기에 오를 수 있었다.

수아제트의 탑의 정상 60층.

이곳이 정상이라는 확신은 없었다. 그러나 루카도 하늘의 기둥에 오르기 전에 충분히 사전조사를 해왔고 세 번째 동면에 들어가는 드래곤의 탑이 어떻게 구성되어있는지 알고 있었다.

그리고 눈앞에 가로막은 거대한 문.

수아제트 본인의 모습을 양각으로 새긴 거만하기 짝이 없는 문은 이곳이 탑의 정상임을 뽐내기라도 하는 듯했다.

'축하한다! 너희는 탑의 정상에 도달했다. 자, 그럼 이제 내게 도전해 봐라!' 라고 말이다.

정상에 올랐다는 보람보다는 마치 정상 위에 거대한 언덕이 자리한 것 같은 절망이 느껴졌다. 그러나 이들의 리더인 데길과 루카는 그것을 내색할 수 없었다.

"며칠의 휴식 후 만전을 기한 뒤, 드래곤 수아제트의 사냥을 개시한다."

그런 데길의 명령이 떨어지고 3일이 지난 뒤의 일이었다.

체슈조가 본대에 합류한 것은.

데길과 루카는 죽은 줄 알았던 제7번 파티와 +1명의 인원들을 바라보며 인상을 찌푸리고 고개를 갸웃거리길 반복했다.

참으로 깔끔한 복장, 잘 먹고 지낸 듯 윤기가 흐르는 피부.

무리를 해가며 본대의 뒤를 쫓은 자들의 모습이라고는 생각하기 힘들었다.

무엇보다도 시우가 제일 수상했다.

벌써 8개월이나 지난 일이지만 시우의 인상은 데길의

기억에 콱 박혀 있었다. 이래저래 행적이 눈에 띄기도 했고 검은 머리와 이색적인 외모는 쉽게 잊을 수 없는 용모였으니까.

그러나 지금은 과거의 모습이 전혀 남아있지 않았다.

어린 소년이었던 시우는 자라 청년의 모습으로 나타났고 무엇보다 로브 위로 검을 패용한 단순했던 모습이 남아있지 않았다.

대체 뭐란 말인가?

값비싸 보이는 보석으로 덕지덕지 치장한 저 모습은?

무엇보다 놀라운 사실은 루카의 능력으로도 더 이상 시우의 마력을 감지할 수 없다는 것이었다.

출력까지는 몰라도 통제력에 있어선 이미 루카의 능력을 뛰어넘었다는 소리.

루카는 시우의 재능이, 그리고 지난 8개월 사이에 개화한 능력이 보통이 아님을 깨달았다.

루카는 대답을 예상하며 물었다.

"59층의 보스 몬스터는 누가 쓰러트렸지?"

체슈조의 파티원들은 내색하지 않으려 했지만 그들의 동공이 일순 시우에게 쏟아지는 것을 루카는 알아챌 수 있었다.

Respawn

NEO FUSION FANTASY STORY & ADVENTURE

19장.
악몽

19장.
악몽

리스폰

 루카는 가만히 시우의 위아래를 훑어보며 생각에 잠겼다.

 혹시 경쟁 영지, 경쟁 국가에서 드래곤 하트를 노리고 보낸 첩자는 아닐까?

 루카는 고개를 저었다.

 이 탑에 입장할 때의 시우의 실력은 그런 대단한 역할을 맡을 만큼의 능력이 되지 못했다. 꼭 능력이 뛰어나야 첩자가 되는 것은 아니었지만 첩자라는 자가 이유도 없이 눈에 띄는 화려한 차림으로 의심을 사리라고는 생각하기 힘들었다.

 즉 시우는 실력을 숨기고 온 것이 아니고 이 탑을 오르면서 실력이 늘어난 것이다.

루카는 그것을 확신할 수 있었다.

놀라운 일이었다. 그러나 이상한 것은 아니었다.

실제로도 탑을 오르는 역경 속에서 잠재된 능력을 개화하는 천재들이 간혹 이름을 널리곤 했으니까.

루카는 시우도 그런 부류 중 한 명일 것이라고 판단을 내렸다.

그렇게 판단을 내리는 순간 루카는 시우가 아무 곳에도 재적되지 않았을 가능성이 크다는 사실을 깨달을 수 있었다.

시우가 이 탑을 오르기 시작할 때는 분명 나이에 어울리는 별것 없는 실력을 가지고 있었다. 루카는 어째서 시우를 드래곤 사냥꾼으로 뽑았는지 기억도 못하고 있었을 정도였으니까.

그런 실력으로 한 영지의 마법사단이나 어떠한 조직에 몸을 담고 있었을 거라고는 생각하기 힘들었다. 기껏해야 용병단에 소속되어 있을 가능성은 있었지만 영지 내에 자리하는 무력조직들은 값비싼 대가를 치르고 영주의 허락을 받아야 창단의 권한을 가질 수 있었다.

용병단은 결코 흔한 단체가 아니었다. 시우가 용병단에 소속되어 있을 가능성은 매우 낮았다. 설사 그렇다 하더라도 시우를 설득해 빼내올 자신은 있었다.

루카는 데길을 돌아보았다. 그는 아직 시우의 가치를 모르는 모양이었다.

그러니까 마음에 들지 않았던 것이다. 이런 기본적인 머리 회전도 되지 않는 놈이 드래곤 사냥 임무의 리더라니.

시우는 주인 없이 바닥을 구르는 다이아몬드 원석이다.

물론 나이가 아직 어린 만큼 출력이나 최대 마력량에서 루카를 따라 올 수 있을 리가 없지만 벌써부터 통제력으로 루카를 뛰어넘는 마법사라면 언젠가는 헤카테리아 대륙에 이름을 널리 알릴 대마법사가 될 가능성이 컸다.

그러니 아직 원석일 때 그를 섭외해 둔다면 머지않은 미래 돌덩이는 반짝이는 다이아몬드가 되어 있을 것이 틀림없었다.

"체슈라고 했던가?"

"예."

"일단은 가서 좀 쉬게나. 여기까지 따라 올라오기도 힘들었을 텐데. 함정에 빠져 본대에서 떨어졌음에도 불구하고 포기 않고 합류한 자네의 의기는 내 확실히 기억해둠세."

시우는 꼬장꼬장했던 것으로 기억하던 루카의 살가운 목소리에 고개를 갸웃거렸다.

루카로선 당연한 행동이었다. 데길의 앞에서는 시우를 포섭할 수 없었다. 만약 루카의 생각을 그가 깨닫는다면 분명 방해가 들어올 테니까.

그러니 지금은 그를 물리면서 긍정적인 인상을 새겨둘 필요가 있었다. 드래곤 사냥 임무가 끝난 뒤라도 좋으니 그를 포섭하기 위한 밑밥인 셈이다.

그만큼 루카는 시우라는 인재가 탐이 났다.

지금은 영주가 데길을 신임하여 루카의 자리가 위태했지만 루카의 마법사단에 시우를 영입하면 그의 영향력이 늘어날 것은 눈에 훤했으니까.

물론 시우에게 계급사회 따위는 안중에도 없으므로 준 귀족인 루카가 살가운 말을 했다고 좋은 기분이 들 리는 없었지만 말이다.

오히려 시우는 갑자기 태도가 바뀐 루카의 모습에 기분이 나쁘기까지 했다.

물론 쉬라는데 쉬지 않을 시우는 아니었다. 시우는 파티원들과 함께 천막에서 나왔다.

시우는 일단 쉬라는 루카의 제안대로 쉴 자리부터 마련했다.

60층의 드래곤 사냥꾼들과 조금 거리를 두고 천막을 쳤다.

그런 시우의 모습에 나머지 파티원들도 시우의 주변에 천막을 치기 시작했다. 시우가 치는 천막은 2인용으로 세리카와 시우가 쓸 곳이었으니 그들이 지낼 천막은 따로 마련하는 것이 좋았다.

리나의 공간압축반지에서 천막을 꺼내 10인용 천막을 쳤다.

시우는 다음으로 요리도구들을 꺼내서 요리를 시작했다.

식단은 고기 완자가 들어간 스파게티였다.

미리 밀가루 반죽을 제면기를 이용해 면을 뽑고 끓는 물에 데쳐 새콤 달콤 매콤한 소스를 듬뿍 뿌리면 완성되는 간단한 요리였다.

물론 소스는 직접 만들어야 했지만 나름의 연구를 통해 식욕을 돋우는 향신료를 첨가해 미리 만들어둔 소스가 있었기 때문에 시우의 요리는 간략화 될 수 있었다.

면과 고기 완자 위로 맛있는 향기가 풍기는 소스를 듬뿍 뿌리자 먹음직한 향을 품은 김이 올라왔다. 아이템창에 넣어둔 것들은 그것이 가지는 온도조차 유지된다. 갓 만든 소스를 아이템창에 넣어 보관하면 아무리 오랜 시간이 흐른다 하더라도 금방 만든 것처럼 따듯하고 맛있는 소스를 언제든지 꺼내 쓸 수 있었다.

그 향기에 드래곤 사냥꾼들이 몰려오기 시작했다.

뭔가 눈치가 이상했던 시우는 살기 스킬을 발동했다.

그냥 구경 좀 하겠다고 모이는 이들에게 살기를 뿌리는 것은 조금 과한 반응이 아닌가도 싶었지만 그들의 눈빛을 보아하니 사달이 나도 크게 날 것 같아 취한 행동이었다.

몰려오던 드래곤 사냥꾼들이 그 살기에 주눅이 들어 주춤주춤 물러났다.

그들은 허기로 크게 지쳐있었다. 벌써 60층에 올라온 지 3일이 지났지만 먹을 것이 없는 만큼 그들의 회복은 무척이나 더뎠다.

시우는 그런 그들을 보며 인상을 찌푸렸다.

스파게티는 양이 적었다. 시우와 그의 파티원 9인이 먹기에 적당한 양. 물론 소스는 아직 많이 남아있기 때문에 밀가루 반죽을 더 만들어 제면기로 면을 뽑으면 이들을 전부 먹일 양은 나오겠지만 그렇게까지 하고 싶은 마음은 없었다.

그래도 이대로 내버려둘 수는 없었다.

드래곤 사냥이다.

시우의 파티를 포함해 50여명에서 지상 최강의 생명체인 드래곤을 사냥하려는데 만성피로에 찌들고 영양부족으로 골골대는 오합지졸을 데리고 싸울 수는 없는 일이었다.

시우는 매우 큰 솥을 아이템창에서 꺼내 물로 반쯤을 채우고 끓이기 시작했다. 적당히 눈대중으로 재료를 던져 넣으며 장시간 우려내 수프를 만들었다.

거기에 더해 비장의 향신료를 한 병.

상태이상회복 포션(제한 Lv.100)

효과– 모든 상태이상 효과를 회복.

설명– 마시기만 하면 몸 상태를 정상으로 되돌리는 물약.

그것을 넣고 요리를 완성하자 시우의 눈앞으로 반투명한 창이 떠올랐다.

띠링!

[요리의 스킬 레벨이 상승합니다.]

이번에 탑을 올라오며 열심히 요리를 배우던 중 획득하게 된 스킬이었다.

시우는 왼쪽 눈을 가리고 완성된 수프를 보았다.

상태이상회복 수프

설명– 요리사 체슈가 만든 비장의 수프. 만성피로도 영양부족도 심지어 중독, 저주, 질병 등의 상태이상도 이 수프를 한 그릇 섭취하면 모두 회복될 듯하다. 기능성만 고려해 급하게 만들었으나 맛도 매우 뛰어난 요리.

시우는 이미 스파게티를 모두 먹고 그릇을 비운 파티원들을 시켜 그것을 드래곤 사냥꾼들에게 나눠주었다.

시우는 그것을 지켜보며 아이템창에 넣어뒀던 스파게티를 꺼내 식사를 시작했다.

수프를 우려내는 작업이 생각보다 오래 걸렸지만 스파게티를 아이템창에 넣어둔 덕분에 갓 만든 듯 맛있는 식사를 마칠 수 있었다.

수프를 배식 받은 드래곤 사냥꾼들 사이에서 소란이 일어나기 시작했다.

"마, 맛있어!"

"어쩐지 이걸 먹고 있으니 기운이 솟는 것 같은……!"

"착각이 아니야! 피로가 전부 가시고 있어!"

"어떻게 이런 요리가?"

시우는 그런 그들을 바라보고 있다가 식사를 마치고 시큰둥한 표정으로 자리에서 일어났다.

"어디 가시게요?"

잔드의 질문에 시우는 짧게 대답했다.

"드래곤 사냥이 언제 시작될지는 모르지만 시간을 낭비할 수는 없으니까. 59층의 보스 몬스터 좀 잡다가 올게."

잔드는 시우의 대답에 어색하게 웃었다.

기껏 탑의 정상인 60층까지 올라왔는데 마치 산책이라도 가는 것처럼 굳이 하층으로 내려가 보스 몬스터를 잡겠다니 잔드로서는 이해하기 힘든 일이었다.

그러나 한편으로 잔드는 그런 시우의 뒷모습을 존경의 눈빛으로 바라보았다.

그가 꿈꾸는 용사는 체슈와 같은, 강력한 몬스터에도 결코 굴하지 않는 사람이었으니까. 잔드는 체슈와 같은 사람이 되기를 꿈꾸며 수아제트의 탑을 올라왔다.

"다녀오세요."

잔드의 눈에 떠오른 존경의 눈빛을 뒤로 하고 시우는 59층으로 내려갔다.

시우는 나선형태의 거대한 계단을 타고 한참을 내려갔다. 문을 열고 59층에 진입해 보았지만 아직 보스 몬스터는 수복이 되지 않았는지 아무도 없었다.

그러나 잔해가 사라진 것을 보면 어딘가에서 재생성이 되고 있음은 틀림없는 일.

시우는 보스 몬스터가 나타날 근처에 자리를 잡고 털썩 주저앉았다.

먹고 자고 쌀 시간을 제외하고는 드래곤 사냥이 시작될 시간까지 이곳에서 수복되는 보스 몬스터를 사냥할 생각이었다.

시우는 가슴을 채우는 조바심에 심호흡을 했다.

기분이 이상했다.

사전조사는 확실했다.

드래곤 수아제트의 나이는 290살.

지금까지 사냥된 드래곤들을 정리한 기록에 의하면 수아제트는 평균 길이 20미터에 몸무게는 6톤 정도라는 것을 알 수 있었다.

최대 마력량도 대충은 파악할 수 있었다.

3번째 동면에 들어가기 직전의 드래곤은 20년 이상 마법을 익힌 정식 마법사 60명에 해당하는 마력량을 가지고 있다고 한다.

출력과 통제력까지 감안하면 얼마나 강할지는 알 수 없으나 최대 마력량만 하더라도 괴물이라는 말을 하지 않을 수 없었다.

그러나 동면중의 드래곤이 도중에 깨어나게 되면 그 최대 마력의 1할에서 최대 3할밖에는 사용을 하지 못한다. 책에서 읽은 내용이 정확하다고 하다면 정식 마법사 6명에서 18명에 해당하는 힘밖에는 발휘하지 못한다는 소리였다.

그러니 다들 동면을 노리고 탑을 오르는 것이지.

시우는 그것을 잘 알고 있었다.

아마 데길과 루카만 나선다 하더라도 수아제트를 사냥할 수 있을지도 몰랐다. 하물며 이제는 그들과 비교해도 전혀 손색이 없는 시우가 조력하면 동면중의 드래곤따위는 가볍게 찜 쪄 먹을 수 있을 것이다.

그럼에도 불구하고 시우는 가슴 깊은 곳에서 솟구치는 조바심을 어쩔 수가 없었다.

'왜? 뭐가 이렇게 두려운 거지?'

반신이라 경외 받는 드래곤을 눈앞에 두고 겁을 먹은 것일까?

그럴 듯한 가설이지만 확신은 할 수 없었다.

조금은 다른 기분이 들었다. 그러나 뭐가 이렇게 불안한지 시우는 도무지 원인을 알 수 없었다.

그래서 드래곤 사냥꾼들에게 수프를 끓여주었다. 그들의 상태가 온전해야 이번 임무의 성공률을 높일 수 있으니까.

그래서 59층으로 내려왔다. 조금이라도 더 경험치를 쌓고 레벨을 올려 만전의 상태로 드래곤을 사냥하기 위해서.

이번 60층의 목표는 수아제트와 실랑이를 하는 데길과 루카의 사이에 끼어 마지막 일격을 먹이는 것. 드래곤의 레벨이 얼마나 될지는 알 수 없지만 지상 최강의 몬스터인 만큼 아마 엄청난 양의 경험치를 줄 것이 틀림없었다.

이런저런 생각을 하고 있노라니 시우가 앉은 공터 가운데서 환한 빛이 터져 나왔다.

"드디어 수복되었나."

시우는 리네를 뽑아들었다.

지금은 전투에 취해서라도 조바심을 잊는 수밖에 없었다.

시우의 보스 몬스터 학살이 시작되었다.

드래곤 사냥 일정이 당겨졌다.

원래는 일주일쯤 푹 쉴 예정이 시우의 상태이상회복 수프로 사냥꾼들의 상태가 호전되자 데길은 이를 기회라고 생각했던 것이다.

지금이라면 드래곤을 사냥하는 것도 무리는 아니라며 다들 사기가 올라 있었다.

지난 3일간 드래곤을 사냥하게 될 날만을 마치 도축되길 기다리는 가축처럼 기다리던 것을 생각하면 이보다 적당한 사냥일을 찾기는 어려운 일이었다.

데길은 시우가 시선에 들어오자 그를 향해 고갯짓을 하며 감사의 표시를 했다.

이들의 상태가 호전된 이유는 그가 만든 수프 덕분임을 이미 들어 알고 있었기 때문이었다. 그러나 시우는 준귀족이 고개를 숙이거나 말거나 상관이 없었다. 지금으로선 가슴을 가득 차오르는 조바심을 리젠으로 날려버리고 곧 있을 드래곤과의 결전을 머릿속으로 시뮬레이션하기 바빴기 때문이었다.

루카가 손을 얹자 거대한 문이 열리기 시작했다. 그와 함께 엄청난 마력의 파동이 일어났다.

"쳇. 어쭙잖은 짓을."

알람마법이었다. 이 문을 열면 자동으로 작동해 잠들어 있을 드래곤 수아제트를 깨우는 용도로 걸어놓은 마법일 것이다.

루카는 지팡이를 휘둘러 알람마법을 흩어버렸지만 아마 수아제트는 이미 잠에서 깨어났겠지.

그러나 상관은 없었다.

애초에 동면에서 깨어난 드래곤을 사냥할 생각으로 탑을 오른 것이니까.

문을 열고 들어가자 나타난 것은 3마리의 거대한 수호자들이었다.

과연 60층 수아제트의 탑 정상을 지키는 곳인 만큼 59층의 보스 몬스터급의 수호자가 한 번에 3마리나 나타난 것이었다.

그러나 그 놈들은 나타나자마자 명을 달리 해야만 했다.

드래곤 사냥꾼들은 탑을 오르며 크나 적으나 다들 실력의 향상을 보여줬다. 다만 올라올수록 지쳐가는 육체와 정신력에 모든 실력을 발휘하지 못했을 뿐이었다.

그것이 지금 시우의 상태이상회복 수프로 호전되어 향상된 능력을 마음껏 발휘했다.

15명가량의 마법사들이 마치 융단폭격을 떨어트리듯 마법을 사용했다.

지형지물이 파괴되고 범위 안에 있던 3마리 보스 몬스

터들이 비명을 내질렀다.

놈들 중 한 놈이 폭발로 이글거리는 화염을 가르고 튀어나왔다.

그 순간 루카가 지팡이를 휘둘렀다.

"어딜!"

그러자 루카의 지팡이에서 뿜어져 나온 방대한 마력이 수호자의 진력을 가로막았다. 마력으로 발휘된 척력에 의해 더 이상 다가올 수가 없었던 것이다.

그 순간 데길이 검을 휘둘렀다.

데길의 거대한 키만큼이나 엄청난 크기의 양손검을 등 뒤로 젖혀 아우라를 일으켰다. 데길의 전신에서 활활 타오르던 그것은 이내 양손검에 집약되기 시작했고 그렇게 집약된 아우라가 물리력을 행사했다.

그 순간 데길이 온힘을 다해 양손검을 휘둘렀다.

등 뒤로 젖혔던 양손검을 있는 힘껏 내리쳤던 것이다.

화염 속에서 튀어나온 수호자와 데길과의 거리는 약 50미터. 그러나 양손검에서 솟구친 아우라의 빛은 그 거리가 무색하게 수호자를 짓쳐나갔다.

50미터의 바닥이 조각조각 찢겨나가고 수호자의 몸이 뭉개지며 양단되었다.

엄청난 위력이었다.

그것을 지켜만 보던 시우도 나섰다.

리네를 잡고 자세를 잡았다. 그리고 시우가 가진 모든 마력을 거기에 담았다.

17,680포인트의 마력을 모두 담는데 걸린 시간을 얼마 되지 않았다. 루카는 절대 인정하지 않을 일이지만 이미 시우의 출력은 루카의 능력을 아득히 뛰어넘은 상태였다.

방대한 마력을 품은 리네를 휘둘렀다.

"[비룡참!]"

엄청난 크기의 비룡이 시우의 검에서 뿜어져 나왔다. 그렇게 솟아나온 비룡이 마법으로 불타오르는 폭염의 옆구리를 훑으며 수호자를 집어 삼켰다.

5미터의 신장이 한 입에 씹혀 산산조각이 났다. 목표 잃은 비룡은 다음 대상을 찾아 바닥을 훑으며 홀로 살아남은 수호자를 향했다.

비룡의 거동 하나하나에 탑이 흔들리며 지진이 일어났다. 마치 거대한 탑이 온통 뒤흔들리는 듯한 착각. 그만큼 비룡이 품은 힘은 거대했다.

그리고 이내 마지막 남은 수호자를 입에 문 비룡은 그 상태 그대로 하늘로 솟구쳐 천장과 부딪혔다.

구구구궁.

천장과 지상과의 거리는 1킬로미터나 되었으므로 비룡이 천장에 부딪혀 폭발하는 모습을 눈으로 확인하고 3초나 지나서야 폭발음이 들려왔다.

천장에서 돌덩이가 비산하고 먼지구름이 일어났다. 거구의 비룡은 마치 천장을 뚫고 사라지듯 그 먼지구름 속으로 모습을 감추었다.

그르르르.

실제로 천장이 뚫린 것은 아니지만 머리부터 꼬리 끝까지 엄청난 마력이 담긴 비룡이었다. 그 모든 힘이 부딪혔으니 수호자는 물론 천장에 성하게 남아날 리가 없었다.

"허어."

루카가 그것을 바라보다가 탄성을 흘렸다.

강한 줄은 알고 있었지만 이건 상상 이상이었다.

나이를 들어보니 이제 겨우 17세라고 들었지만 그런 어린 나이로 이런 무위를 보일 줄이야. 게다가 저 날개 없는 드래곤에서 느껴진 것은 원력이 아니었다.

마력, 검에 마력을 담아 쏘아낸 듯한데 어떤 원리로 발휘된 마법인지 전혀 알 수가 없었다.

시우는 루카가 놀라거나 말거나 마력을 전부 소모한 뒤 찾아온 현기증에 머리를 부여잡고 비틀거렸다. 아이템창을 열어 마력회복 포션을 더블 터치하니 마력이 차오르며 현기증이 조금은 가셨다.

"괜찮소? 마력의 소모가 컸던 듯한데. 우리는 지금부터 드래곤을 사냥하러 가는 것이오. 너무 무리는 하지 않는 것이 좋을 것이오."

데길이 시우에게 다가와 말을 걸었다.

"문제없습니다."

시우는 그렇게 대답했다.

문제는 없었다. 비룡참으로 소모한 마력은 이미 포션으로 모두 회복한 뒤였다. 정신력이 약간 소모되긴 했지만 그마저도 리젠을 사용하다보면 수 분 내로 회복할 수 있는 수준이었다.

데길은 그런 시우를 바라보며 고개를 끄덕였다.

"천장이 무너져 길이 막혔다. 마법사들은 앞으로 나와 마법으로 길을 트도록."

데길의 명령에 앞길을 가로막은 거대한 흙더미를 치우기 시작했다. 시우는 그들을 도와 흙더미를 치우려 했지만 데길이 제지했다.

"당신의 능력을 존중하오. 더 이상 마력을 소모하지 마시오. 그대의 전력은 드래곤을 사냥하는데 쓰일 귀중한 능력이니."

시우로서는 아무 말도 할 수 없었다. 마력을 소모해도 어차피 마력회복 포션이 있었지만 그 사실을 다른 사람에게 알려서는 안 되었으니까.

흙더미는 금방 치워졌다. 힘겨워하는 사제와 마법사들의 모습에 성기사들도 방패로 흙을 퍼내고 익시더들도 검에 원력을 씌워 흙을 파냈다.

그러나 그 작업이 끝나자 대부분의 드래곤 사냥꾼들은 이미 지쳐버린 상태였다.

특히 사제와 마법사는 반절 이상의 성력과 마력을 소모한 상태였다.

"2시간 휴식을 취하며 내력을 회복한다."

데길은 그것을 감안해 휴식을 명령했다.

2시간이면 7,000포인트의 성력과 마력을 회복할 수 있는 시간. 완전 회복까지는 어려워도 전투를 준비하기에는 충분한 시간이었다.

마법사들은 즉시 명상에, 사제들은 기도를 시작하며 마력과 성력을 회복하기 시작했다.

성기사와 익시더들도 몸을 쉬이며 체력과 원력을 회복했다.

잠에서 깨어난 드래곤의 습격이 있을지도 모른다고 데길과 루카는 크게 경계했지만 수아제트의 기습은 없었다.

2시간이 지나 몇몇 사제들과 마법사들이 눈을 뜨자 데길이 명했다.

"성기사 앞으로. 주위를 경계하며 진격한다."

모두가 바짝 긴장하며 걸음을 옮겼다.

기나긴 통로를 빠져나오자 드디어 그들의 목적인 드래곤을 육안으로 확인할 수 있었다.

20미터의 거체, 검은 비늘이 상상 이상으로 위압적이

었다.

"…자는… 건가?"

드래곤 사냥꾼 중 누군가가 내뱉은 소리가 허전한 드래곤의 방을 메아리치며 돌아다녔다.

그러나 드래곤 수아제트는 여전히 무방비한 모습으로 잠들어 있을 뿐이었다.

"아쉽군. 드래곤과 싸워볼 기회는 그렇게 많은 것이 아닌데."

데길은 진심으로 그렇게 말하는 모양인지 목소리엔 아쉬움이 가득 담겨 있었다. 그 목소리를 듣는 드래곤 사냥꾼들은 가슴을 쓸어내렸다.

드래곤이 잔다!

동면에서 깨어나지 못해 허무하게 죽어간 드래곤들의 이야기는 매우 드문 이야기였지만 아주 없는 이야기도 아니었다. 그래서 굉장히 많은 드래곤 사냥꾼들은 탑을 오르며 부디 드래곤이 잠들어 있기를 바랐다.

그 소원이 하늘에 닿았는지 수아제트는 잠에서 깨지 못한 것이다!

시우는 인상을 찌푸렸다.

전투 중에 끼어들어 마지막 일격을 넣어 경험치를 회수한다는 것이 시우의 생각이었는데 전투가 없다면 그것도 불가능한 일이었기 때문이었다.

드래곤의 숨통을 끊는 일은 매우 명예로운 일이므로 시우가 죽이겠다고 부탁을 할 수도 없었다.

아마 그 역할은 드래곤 사냥 임무의 리더인 데길의 것이 되겠지.

시우는 아쉬운 마음에 왼쪽 눈을 가려보았다. 이번 기회에 드래곤의 레벨이나 확인해두려는 생각이었다.

드래곤 수아제트[?] Lv.388

임펠스 왕국 최남단 영지 모우로와 제페스 인근에 솟아난 하늘의 기둥의 주인. 검은 비늘을 가진 수아제트는 저주와 정신마법에 뛰어난 실력을 가지고 있으며 죽은 영혼을 다루는 사령마법에도 다소 소양이 있다. 올해로 291살이 된 수아제트는 동면중에 있다.

시우는 수아제트의 레벨을 보고 감탄했다. 만약 이 녀석에게 마지막 일격을 넣는 것이 가능하다면 30레벨, 업적 달성으로 경험치가 가산되면 50레벨도 올릴 수 있을 것 같았다.

최대 마력량도 확인해 보았다.

이미 책을 통해 대체적으론 파악하고 있었지만 정식 마법사가 60명이니 어쩌니 하는 소리로는 도무지 얼마나 되는 능력인지 알 수가 없었으니까.

생명력 (6,175/6,175)

마력 (852,497/852,497)

생명력이 6천에 마력이 85만이란다.

시우는 고개를 절레절레 저었다.

85만이라는 수치를 비교해보자면 루카가 지닌 마력량
의 15배에 해당하는 숫자였다.

물론 수아제트는 동면중이니 만약 깨어난다 하더라도
이중에서 사용할 수 있는 마력은 1할인 85,000에서 3할
255,000에 불과했지만 1할이라 하더라도 루카의 최대 마
력량을 넘어가는 괴물이었다.

시우는 질색을 느끼며 수아제트의 능력치창을 닫았다.
그 순간 시우는 뒤늦게 물음표를 발견할 수 있었다.

'이건?'

세리카가 스스로의 정체를 감추고 있을 때 본 적이 있는
알림 표시였다.

순간 시우의 가슴이 덜컹 내려앉으며 불안이 찾아왔다.

시우가 그것을 터치하자 반투명한 창이 눈앞에 떠올랐다.

두둥!

[수아제트 본인이 아닙니다.]

등골을 타고 전율이 흐르고 머리털이 바짝 곤두섰다.

시선을 던진 곳에서 데길이 원력을 일으켜 검을 추켜세

우며 수아제트를, 아니 수아제트로 보이는 환영의 목을 베려고 하고 있었다.

"도망가!"

그 짧은 시간 시우가 할 수 있는 말은 그것이 전부였다.

그러나 데길은 이미 검을 휘두르고 있던 도중이고 시우의 목소리를 듣고 뭔가 이상하다는 사실을 알아차렸지만 거기에 반응해 몸을 던질 여유가 그에게는 없었다.

데길의 검이 떨어진 수아제트의 환영은 신기루처럼 흩어져 사라졌다. 그에 놀라 몸을 던지려는 데길의 몸 위로 화염의 폭풍이 몰아쳤다.

화아르르륵!

"끄아아아악!"

화염이 바람에 휘몰아치는 소리와 데길의 비명이 수아제트의 방 안을 메아리쳤다.

"〈그흐흐흐흐. 가하하하하!〉"

웃음소리가 들려왔다.

소리의 진동이 아닌 마력의 파동으로 들려오는 그 소리에 공포를 느낀 드래곤 사냥꾼들은 그 누구도 움직일 수가 없었다.

이내 화염의 폭풍이 사라지고 반신이 까맣게 타버린 데길이 바닥을 뒹구는 모습이 보였다.

그리고 그 너머로 일렁이는 공간.

그곳에서 검은 비늘의 거체를 지닌 드래곤이 모습을 드러냈다.

그야말로 진정한 이 탑의 주인, 수아제트였다.

"어떻게!"

루카의 비명이었다.

그리고 이 자리를 함께하는 모두가 내뱉고 싶은 질문이었다.

"〈무엇이?〉"

웃음을 그친 수아제트의 질문이었다.

루카의 머릿속이 어지러워졌다.

"동면에 들었을 네가 어떻게 내 마력 감응 능력을 속이고 환영마법을 펼칠 수가 있었지?"

드래곤 수아제트의 거대한 주둥이의 입가가 살짝 말려 올라가는 것 같았다.

인간의 얼굴로 비유하자면 이들을 비웃기라도 하는 모양.

"〈왜 그렇게 생각했지?〉"

"뭐?"

"〈어째서 내가 동면을 취하냐고 생각했느냔 말이다.〉"

"그건 허물이……."

루카는 말을 하다 말고 멈췄다. 불길한 생각이 뇌리를 스쳐갔다.

"설마 100년 전에 흘린 허물부터가 이 날을 위한 속임수였단 말이냐?"

드래곤은 이 상황이 유쾌해서 참을 수 없다는 어조로 말했다.

"〈너희 인간은 너무 오만하다. 그 놈의 역사, 기록, 축적된 경험 따위로 드래곤보다도 우위에 설 수 있다고 확신하고 있지. 그러나 생각해보라. 너희가 쌓아온 역사를, 기록을, 자료를, 축적된 경험을 접한 드래곤이 정말 없겠느냐?〉"

"그게 무슨?"

"〈너희는 그간 축적된 경험으로 우리 드래곤의 성향을 잘 파악했더구나. 그러나 드래곤의 나이를 추측하는 측면에 있어서는 문제가 많았지. 하늘의 기둥 주변에서 발견된 허물을 통해 비늘의 연륜을 읽는 법, 탑의 높이를 측정하는 법, 탑에 흐르는 마력을 측정하는 법 등 방법은 많지만 하나같이 속이려고 작정하면 속이지 못할 것 없는 것들이지. 이를테면 너희가 이번에 신용한 허물을 통해 비늘의 연륜을 읽은 방법. 허물은 수개월만 지나도 썩어서 없어지기에 너희가 신용하는 나이 측정법이지만 만약 그 허물을 10년간 고이 챙겨 마법으로 썩지 않게 보관한다면? 그리고 동면이 끝난 뒤에야 그것을 하늘의 기둥 주변에 버려둔다면? 나는 너희가 그것을 보고 내 나이를 속단할 것이라"

고 확신했다.〉"

100년에 걸친 사기극이었다.

수아제트의 나이는 290살이 아니다. 동면을 마친 300
살.

그것을 증명하듯 수아제트의 덩치는 환영으로 보여주던
것보다 7미터는 더 커보였다.

시우는 왼쪽 눈을 가려보았다.

드래곤 수아제트 Lv.451

신장 26.9미터, 몸무게 7.8톤의 드래곤. 인간의 책을 즐
겨 읽는다. 벗어던진 허물에 마법을 걸어 보관하다가 버리
는 방법으로 나이를 속인 수아제트는 올해로 301세이다.
그를 사냥하기 위해 탑을 오른 사냥꾼들은 그의 함정에 빠
져 죽음을 맞이하리라.

생명력 (7,881/7,881)
마력 (881,896/992,256)

말이 나오지 않았다.

이런 허무한?

고작 허물 따위 때문에 이런 치명적인 실수를 했단 말인
가?

시우는 도무지 지금의 상황에 실감을 느낄 수가 없었다.

그러나 인정하지 않을 수도 없었다. 눈앞에 나타난 드래곤은 사실이었으므로. 그러나 죽음을 인정할 수는 없었다.

이렇게 죽을 수는 없는 것이었다.

상황을 인지하자 덜덜 손과 발이 떨리기 시작했다.

어느새 부턴가 10개월을 쉬지 않고 유지해오던 리젠이 풀려 있었다.

리젠을 발동했다. 순식간에 흙탕물처럼 휘저어진 머리가 가라앉고 심장의 요동이 사라졌다. 모든 의식의 바닥에는 짙게 깔린 안개처럼 공포가 자리하고 있었지만 애써 외면했다.

방법은 있었다.

이 날을 위해 레벨을 올리고 준비해왔다.

시우는 루카에게 시선을 던졌다.

그는 이미 공포에 먹혀 이 자리를 도망갈 궁리밖에는 하고 있지 않았다.

물론 이 자리를 벗어나 수아제트의 실제 나이를 바깥 세상에 밝히려는 것이 목적이라면 그것도 나쁘지 않은 선택이라 할 수 있었지만 시우에게는 좋지 못한 상황이었다.

시우는 이런 곳에서 죽을 생각이 추호도 없었다.

"〈지난 100년간 오늘만을 생각하며 제법 즐거운 시간을 보냈구나. 하지만 여흥도 이것으로 끝이다. 너희도 알겠지만 내 나이를 계속해서 속이려면 너희가 죽어줄 필요가 있으니까.〉"

시우는 드래곤에게서 피어오르는 막대한 양의 마력을 느끼며 몸을 던졌다.

드래곤 사냥꾼들의 도움을 받기는 글렀다. 하나같이 모두가 공포에 잡아먹혀 손가락 하나 까딱할 수 없는 상황이었다.

시우가 타파해야 했다.

수아제트의 생명력 7,800. 그 또한 결코 죽이지 못할 생물은 아니었다.

시우가 바닥을 박차고 도약하자 수아제트는 그를 비웃었다.

모두가 함께 덤벼도 시원찮을 놈들 중에 웬 이상한 놈이 검을 꼬나들고 뛰어나왔으니 우스울 수밖에 없었다.

"〈멈춰라.〉"

그것은 단순한 말이며, 명령이며, 동시에 마법이었다.

거기에 담긴 마력은 상상을 초월해서 인간이라면 도무지 저항할 수 없는 힘을 품고 있었다.

그러나 시우는 멈추지 않았다.

시우의 오른쪽 귀걸이가 빛나기 시작했다.

[유니크] 면역의 귀걸이[R] (제한 Lv.150)

특수 효과— 상태이상 면역. 발동 시 10초간 상태이상에 대한 무적상태가 된다. 쿨타임 1시간.

설명— 마법이 걸린 오른쪽 귀걸이. 경직, 중독, 감전, 화염, 저주 등 모든 상태이상에 면역력을 가진 희귀한 귀걸이.

아이템 특수효과 발동. 상태이상 면역.

그것은 드래곤의 마법이라 할지라도 다를 바가 없었다.

수아제트가 당황했다.

이럴 리가 없다. 고작 인간 따위가 드래곤의 마법에 저항을 할 리 없었다.

그러나 시우는 여전히 움직이고 있었다.

그러나 이내 냉정을 되찾았다. 놈이 얼마나 강할지는 모르나 드래곤 하트를 직접 노리는 것이 아니라면 자신을 죽일 수 있을 리가 없었다.

시우가 드래곤의 지척까지 다가가는 것은 순식간이었다.

이번에는 시우의 왼쪽 귀걸이가 빛났다.

"[라이트닝 임팩트!]"

[유니크] 뇌전의 귀걸이[L] (제한 Lv.150)

특수 효과— 라이트닝 임팩트. 공격 수단에 뇌전 속성을 추가시키는 인챈트 마법. 공격에 성공하면 상대를 감전시켜 5초간 상태이상 경직에 빠진다. 쿨타임 1시간.

설명— 마법이 걸린 왼쪽 귀걸이. 레벨에 상관없이 상대를 5초간 경직시키는 희귀한 귀걸이.

시우의 검, 리네에 뇌전이 휘감겼다. 거기에 담긴 것은 원력도, 마력도, 성력도 초월한 무엇인가였고 미지의 그것은 수아제트마저 공포에 빠트렸다.

"〈인간 따위가!〉"

화들짝 놀란 수아제트가 앞발을 휘둘렀지만 시우로선 오히려 반가운 일이었다.

리네를 휘둘러 놈의 앞발에 라이트닝 임팩트를 먹였다.

경직. 수아제트의 몸이 멈췄다.

시우가 외쳤다.

"지금이다! 모두 공격해!"

그러나 움직이는 사람은 없었다. 공포가 아니었다. 이미 드래곤의 마법에 의해 몸의 움직임을 구속당한 상태였기 때문이었다. 그 마법에 저항하고 몸을 움직일 수 있는 것은 오로지 시우뿐이었다.

시우는 혀를 차며 수아제트의 몸을 타고 달리며 머리로 향했다.

수아제트의 생명력은 7,800이 넘어간다. 몸통을 두드리며 그것을 깎고 있으니 이마에 달린 드래곤 하트를 노리는 것이 더 가능성이 있었다.

시우는 드래곤 하트가 눈에 들어오자마자 리네를 휘둘렀다.

시우의 라이트닝 임팩트에 걸려 움직임이 제한된 수아제트로서는 당황스럽기 이를 데가 없었다.

수아제트는 전신으로 마력을 방출했다.

고작해야 인간들이나 사용하는 척력을 이용한 방어막.

그러나 효과는 강력했다.

수아제트를 중심으로 폭풍이 휘몰아쳤다. 강인한 척력에 공기마저 밀려나온 탓이었다.

수아제트의 몸이 그 척력에 의해 허공으로 떠오르기 시작했다.

그 방대한 마력에 시우는 저항할 수 없이 뒤로 밀려났다. 드래곤 하트가 멀어졌다. 그러나 포기할 수는 없었다.

모든 마력을 담아 리네를 휘둘렀다.

"[비룡참!]"

시우가 휘두른 검에서 수아제트의 덩치에도 밀리지 않는 비룡이 솟아났다. 비룡은 강력한 수아제트의 척력에도 저항하며 폭포를 오르는 연어처럼 드래곤 하트를 향해 조금씩 나아가고 있었다.

그러나 비룡으로도 그 방어막을 꿰뚫는 것은 무리가 있었다.

겨우 여유를 되찾고 정신을 차린 수아제트는 분노했다.

결과적으로는 죽지 않았지만 하마터면 고작 인간따위에게 목숨을 잃을 뻔 했으니 당연한 반응이었다.

"〈이런 인간 버러지가!〉"

수아제트는 척력으로 일으킨 방어막을 유지하며 또 하나의 마법을 준비했다.

지금 이 순간 시우를 제외한 나머지 인간들은 아무래도 좋았다.

시우만 처치하면 움직이지도 못할 나머지 인간들은 한 입 거리도 되지 않았으니까.

"〈영혼을 산산이 찢어버릴 절망에 빠져라.〉"

수아제트는 그런 시우에게 최고의 정신마법을 걸어주었다.

마침 시우의 상태이상 면역 유지시간은 끝난 상태였다.

띠링!

[상태이상 악몽에 빠집니다.]

"이런 젠…장……."

추락하는 시우의 눈에서 초점이 사라졌다.

✛

　　시우는 악몽을 꾸었다.

　　악몽? 아니 그것은 현실이었다.

　　시우의 과거, 잊고 싶은 절망.

　　시우가 스스로의 몸에 대해서 알게 된 것은 14세의 일이었다.

　　이제 막 중학교에 들어가 새로운 친구들을 사귀며 희망찬 내일을 꿈꾸던 그때, 몸에 이상을 느끼고 찾아간 병원에서 절망을 선고받았다.

　　"불치병입니다."

　　의사도 그런 이야길 하는 것이 마음이 편치는 않은지 시우와 시선을 마주치지 못했다.

　　"세포가 스스로 사멸하는 탓에 매우 고통스럽고, 종국에는 반드시 죽음에 이르는 병입니다. 원인 불명, 치료의 수단이 없습니다."

　　또한 그 병은 갑작스럽게 진행되는 것은 아니라고 한다.

　　반드시 죽는 병이지만 살고자 하면 앞으로 10년은 더 살수 있단다.

　　그러나 살기를 바란다면 고통도 감수해야 할 병이었다.

　　세포가 사멸되는 증상은 호전을 바랄 수도 없어서 근육이 쇠퇴한 진력을 항상 느껴야 했고 병마가 몸을 갉아먹는 고통을 온전히 감당해야 한다. 그 고통이 얼마나 끔찍한지 이 병에 걸린 환자는 정신병도 수반한다고 한다.

시우의 부모들은 의사의 면전에 대고 돌팔이라 소리치며 그의 진단을 헛소리 취급했다.

그 뒤 더 큰 병원, 한국 내에서도 내로라하는 가장 큰 병원들을 찾아갔지만 진단이 바뀌는 일은 없었다.

그러나 시우의 부모님은 재력가였다.

각 분야에서 최고라고 불리는 의사진들을 세계 각국에서 초빙해 시우의 병을 고치려고 노력했다.

그러나 시우의 병은 아무런 진전도 없이 악화일로를 걸을 뿐이었다.

그때 찾아온 것이 운영자 아저씨들이었다.

세계적으로 가장 화제성을 지닌 가상현실의 구축 기술을 가진 개발자 집단에서 지원을 바란다며 시우의 부모님들에게 접촉해온 것이었다.

가상현실의 구축이 가능하다면 적어도 그 안에서 만큼은 시우가 자유로울 수 있다는 말에 부모님들은 혹하고 말았다.

연구는 빠르게 진척되었다. 이론적으로 기술은 이미 완성이 되어 있었고 막대한 자금력을 지원받는 그들에게 장해물은 존재하지 않았다.

단 1년 만에 가상현실기술이 완성되었다.

그때까지도 시우의 몸은 아직 정상적으로 움직였다. 그러나 세포는 이미 사멸이 진행되고 있었고 언제 쓰러질지, 쓰러진 후 다시 일어날 수 있을지는 알 수 없는 문제였다.

아직 시우의 몸이 정상적으로 움직일 때, 그 몸을 스캔했다.

그리고 시우의 몸은 마치 그것만을 기다리고 있었다는 듯 세포의 붕괴에 박차를 가하며 빠르게 쇠약해져 갔다.

더 이상 일상생활도 불가능할 수준이 된 시우는 가상현실에서 생활했다.

전신을 짓누르는 듯한 진력도, 벌레가 물어뜯는 듯한 고통도 없는 세상이었다.

나쁘지 않다. 그러나 좋지도 않았다.

그 세상에는 시우외의 인간이 아무도 없었으니까.

고통과 맞바꿔 고독이 시우를 괴롭혔다.

그것을 아는지 모르는지 시우의 부모님들은 개인교사를 초청해 수업을 진행했다.

중학교 과정을 마치고, 고등학교 졸업 과정까지 마칠 수 있었다.

이내 대학 교수를 초청하려는 부모님께 시우는 더 이상의 교육을 거부했다.

사실 시우는 이때 이미 알고 있었다. 시우의 몸은 대학

교육이 끝날 때까지 버틸지 말지 알 수 없는 수준으로 엉망이 되어 있단 걸……

"그럼 혹시 바라는 건 없니?"

부모님은 마치 마지막 소원을 들어주려는 듯 물었다.

"…게임이 하고 싶어."

그냥 게임이 아닌 온라인 게임. 시우는 이런 상태가 되기 전에는 거의 게임에 빠져 살았다. 그 안에서 새로운 사람들과 만나고 앞길을 가로막는 거대한 적을 협력하여 쓰러트리는 것이 너무나 좋았다.

그 즐거움을 다시 한 번 느낄 수 있다면, 이 고독에서 벗어날 수 있다면 죽는 것은 별 상관이 없다는 생각이 들었다.

부모님은 가상현실을 개발한 집단에게 가상현실게임을, 온 국민이 참여할 수 있는 대규모 온라인 게임의 제작을 의뢰했다.

가상현실이라는 기술의 가치를 생각하면 참으로 의미 없는 의뢰였지만 보수가 상당했다. 가상현실 기술을 구축해 얻은 이득보다도 더욱 큰 보상을 걸어 뿌리치기 힘들었다.

게다가 자식을 위한 일이란다. 사회적으로 높은 위치에 있는 재벌들이 눈물을 흘리고 고개를 숙이는 모습에 그들은 그 일을 뿌리칠 수 없었다.

가상현실게임을 구축하는 것은 그렇게 어려운 일이 아니었다.

마치 인간과 같이 행동하고 감정을 느끼는 인공지능은 이미 개발이 되어 있었으니 그 기술을 이용해 NPC를 만들고 게임 개발자의 도움을 받아 내용을 조성하니 여행조차 가능한 하나의 거대한 세상이 완성되었다.

시우는 새로운 유저들이 이 세계에 찾아올 미래를 꿈꾸며 몬스터들을 사냥했다. 게임은 이미 완성되어 있었으니 이제는 이 세계를 같이 즐길 사람들을 기다리는 일만 남았다.

시우는 빠르게 강해졌다. 당연했다. 시우가 살 수 있는 세상은 게임 속뿐이었으니까. 바깥으로 나가봐야 아프기만 하고 절망만 가득했다.

꿈과 희망, 모험과 도전이 가득한 세상 속을 마음껏 즐기는 시우가 약할 리가 없었다.

그러나 시간이 아무리 흘러도 새로운 유저의 유입은 없었다.

드넓은 세상 속에 진짜 인간은 오로지 시우 혼자였다.

단지 세상이 넓어졌을 뿐 이래서는 바뀐 것이 아무것도 없었다.

게임의 최종 보스를 쓰러트리고 주위를 둘러본 시우는 주위에 아무도 없다는 사실을 절실히 느끼며 깊고 깊은 고독감에 빠져들었다.

원인은 가상현실에 접속을 도우는 접속기라고 한다.

시우 한 명이 이 세상에 접속하게 만들기 위해 개발자 수십 명이 달라붙어야 했다. 그것을 전 국민이 참여할 수 있게 대량생산 기술을 확보하려면 더욱 긴 시간을 필요로 했다.

고독감에 울부짖는 시우에게 어머니는 시우를 달래기 위해 병을 치료할 방법에 진전이 있었다고 거짓말을 했지만 시우는 어머니의 거짓말을 한눈에 알아 볼 수 있었다.

그리고 시우는 꿈과 희망으로 덧칠된 거짓 세계에서 홀로 죽음을 맞이했다.

접속기와 연결된 심전계의 모든 수치가 죽음을 가리키며 떨어졌다.

뚜————.

그 순간 악몽의 세계가 멈췄다.

그것을 제삼자의 위치에서 바라보고 있던 시우의 두 눈에선 눈물이 끝없이 흘러내리고 있었다.

"나는 죽은 건가?"

게임이 아니었다.

게임 따위가 이런 것을 보여줄 수 있을 리 없었다.

'그렇다면 이 세계는?'

진짜다.

어째서 현실에서 죽은 시우의 영혼이 게임 캐릭터를 몸을 가지고 이곳으로 넘어왔는지 시우는 알 수 없었지만 이 세계는 명실상부 진짜 세계였다.

그러나 지금 이 순간 그러한 사실들은 아무런 상관이 없었다.

시우는 죽었다.

시우의 의식이 절망과 공포로 얼룩졌다.

무너지듯 무릎을 꿇고 머리를 부여잡았다.

"으아아아아!"

비명을 내질렀다.

텅 빈 가슴이 허전해 괴로웠다.

그렇게 머릿속이 텅 비어 눈물만을 흘리던 시우의 앞으로 작은 빛이 나타났다.

더 이상 아무것도 꿈꾸지 않는, 칠흑 같은 시우의 눈이 그 빛을 올려다보았다.

빛은 아무것도 말하지 않았다.

단지 무언가를 보여줄 뿐이었다.

'메이?'

빛은 이곳 낯선 세계에서 처음으로 시우의 이름을 불러준 짐꾼의 얼굴을 보여줬다. 그리고 빛은 형태를 바꾸며 계속해서 다른 얼굴들을 보여주었다.

리네, 라이나와 체실, 베로카, 루리와 로이, 세리카, 리나.

곧이어 빛은 폭발하듯 번지며 제7번 파티의 모두들, 그리고 지금껏 이 세상에서 만난 모든 사람들의 얼굴을 비춰주었다.

시우가 빛을 향해 손을 뻗었다.

절망으로 얼룩진 시우의 눈에 작지만 확실한 빛이 어리기 시작했다.

시우는 죽었다. 그러나 체슈는 아직 살아있었다.

체슈의 손이 빛에 닿자 빛은 역할을 다하고 흩어졌다.

시우는 꿈속에서 깨어났다.

Respawn

NEO FUSION FANTASY STORY & ADVENTURE

20장.

생존

리스폰

쿵! 쾅!

퍼펑!

시끄러운 폭발음이 연이어 터져 나왔다.

"죽어! 이 빌어먹을 도마뱀아!"

"〈버러지 같은 인간들이 감히!〉"

서로를 저주하는 목소리도 들려왔다.

마침내 시우는 눈을 떴다. 그런 시우의 몸에서는 하얀 빛이 강렬하게 터져 나오고 있었다.

따단!

[업적 달성! 최시우님은 절망을 이겨내고 원력을 각성하는데 성공하셨습니다.]

[칭호 = 익시더가 주어집니다.]

[원력을 각성함에 따라 새로운 스킬을 습득합니다.]

[잠재력 폭발을 스킬로 등록합니다.]

[육체 강화를 스킬로 등록합니다.]

[원력 리제너레이션을 스킬로 등록합니다.]

[원력 리제너레이션이 리제너레이션 스킬과 합성됩니다.]

[퍼펙트 리제너레이션 스킬이 생성되었습니다.]

시우는 쏟아지는 알림창을 확인하며 몸을 일으켰다. 드래곤 사냥꾼들과 수아제트가 살벌한 전투를 벌이고 있었다.

"체슈?"

등 뒤에서 목소리가 들려왔다.

목소리의 진원지를 돌아보니 세리카와 리나가 있었다.

세리카의 눈가가 눈물로 축축했다.

"이 세계가 게임이 아니란 말이지."

어렴풋이 느끼고 있던 사실에 확신을 가지자 모든 것이 다르게 보였다.

눈물을 흘리는 세리카의 모습에 마음이 아프고 드래곤 수아제트의 두려움이 더욱 실감났다.

시우는 평범한 청년이다. 아니, 평범 그 이하의 혼자선 아무것도 못하는 어린 소년이었다.

이 세상도 현실인 줄을 알고 있었다면 아무리 필요한 일이라고 해도 단신으로 드래곤에게 달려드는 용기는 낼 수 없었을 것이다.

지금까지는 오히려 이 세계를 게임이라고 착각한 덕분에 살아남았다고 해도 과언이 아니었다.

반면에 지금은 이 세계를 현실이라고 받아들이니 억누를 수 없는 공포가 고개를 들었다. 하지만 그와 함께 용기도 솟아올랐다.

그 용기가 만용인지는 알 수 없었다. 하지만 이곳이 현실인 이상 이대로 죽을 수는 없다는 생각이 들었다. 저들이 죽게 내버려둘 수는 없다는 생각이 들었다.

무엇보다 이들, 세리카와 리나, 그리고 지금도 드래곤과 싸우고 있는 제7번 파티 체슈조의 모두가 죽게 내버려 둘 수는 없었다.

본능이 소리쳤다.

지금 당장 이곳에서 도망쳐!

그러나 공포에 질린 본능은 믿을 바가 되지 못했다.

도망을 칠 곳은 없었다.

하늘의 기둥 하층으로 내려가 봐야 수아제트의 영역이었다.

싸울 수밖에 없다.

시우는 원력을 끌어올리며 공포를 짓눌렀다.

그리고 자신의 몸을 내려다보았다.

"이것이 원력인가."

그간 그렇게 각성하고 싶었던 익시더의 힘이다.

시우는 번쩍번쩍 빛이 나는 몸을 보면서 원력이란 힘에 대해서 근본적인 착각을 하고 있었다는 것을 알 수 있었다.

원력(原力).

뜻은 '원래부터 가지고 있는 근원적인 힘'이라는 뜻이다.

이를테면 원력을 각성하면서 얻은 [잠재력 폭발] 스킬을 보면 알 수 있듯이 원력을 각성제로 사용해 이미 가지고 있지만 지금까진 쓰지 못하던 힘을 끌어 쓰는 용도로 사용되는 힘.

때로는 물리적인 질량을 가지게 되어 적을 파괴하거나 몸을 지킬 수 있는 힘.

그것이 원력이라고 생각했다.

실질적으로 마력과 크게 다르지 않은 힘이라고 말이다.

그러나 달랐다.

이것은 영혼에서 끌어온 힘이다.

왜 그렇게 생각했는지는 알 수 없었다.

말하자면 감.

절망에 빠져있던 시우를 구한 그 '빛'은 시우 자신의 영혼이라는 감이었다.

고독이라는 절망. 끝까지 그 고독에서 헤어 나오지 못하고 죽었다는 절망. 그 절망을 이겨낼 정도의 희망을 품은 그 빛이 알려준 소중한 것.

시우는 이미 고독을 이겨낼 많은 것들을 가지고 있다는 것.

"세리카."

시우의 부름에 세리카는 눈물을 닦고 대답했다.

"응."

"너는 이곳에 남아있어."

시우의 말에 세리카는 당황했다.

"그게 도대체 무슨……!"

그러나 시우는 세리카의 반론을 듣지 않았다.

원력을 끌어올린 몸으로 잠재력을 자극하며 온 힘을 다해 앞으로 나아갔다.

굳이 스킬 시스템의 도움을 받을 필요는 없었다. 마치 처음부터 알고 있던 것처럼 자연스럽게 원력을 이용해 잠재력을 폭발시킬 수 있었다.

지금까지는 느낄 수 없었던 자유가 전신을 휘감았다. 마치 지금이라면 무엇이든 할 수 있을 것만 같은 자신감이 솟구쳤다.

그러나 시우는 가만히 그 자신감의 머리를 짓눌렀다.

자신감도 좋지만 지금은 행동 하나 감정 하나를 모두 조심해야 했다.

시우는 악몽에 빠지기 직전에 떠올린 드래곤 수아제트의 공략법에 대해 떠올렸다.

어째서 수아제트는 시우를 악몽 마법으로 제압하기 전에 이미 제압이 끝난 드래곤 사냥꾼들과 분전하고 있는가?

그건 아마도 수아제트가 사용하고 있는 방어막과 관계가 있을지도 몰랐다.

시우의 공격에 놀라 급하게 사용한 수아제트의 방어막은 그야말로 절대 방어라는 생각이 떠오를 만큼 단단한 벽이었지만 약점이 없는 것은 아니었다.

첫째로 소모 마력량.

수아제트는 무려 100만에 가까운 마력을 가지고 있지만 그런 드래곤도 부담스러울 정도로 그 방어막은 마력의 소모량이 컸다.

시우는 거대한 날개를 퍼덕이며 하늘을 날고 있는 수아제트를 타겟팅해 보았다.

그 증거로서 수아제트는 50여명의 드래곤 사냥꾼들을 한 번에 상대하면서 방어막을 유지한 덕분에 생명력이 천 포인트도 깎이지 않았고, 반면에 마력은 무려 절반도 넘게 사용해 45만 포인트의 마력이 남은 상태였다.

시우에게 악몽 마법을 사용하면서 소모한 마력도 방대했지만 그 후 드래곤 사냥꾼들에게 걸었던 동작 제한 마법이 풀려버려 그들을 상대하느라 소모한 마력량이 컸을 거라고 시우는 예상이 가능했다.

물론 이미 절반이나 사용했다고는 해도 수아제트를 상대하는 드래곤 사냥꾼 50명 중에 이미 20명이 목숨을 잃고 나머지 살아남은 알짜배기 실력자들도 내력을 절반 이상 소모해 답이 보이지 않는 상태였지만 말이다.

정말 중요한 것은 왜 드래곤 사냥꾼들에게 걸었던 동작 제한 마법이 풀렸냐는 것이다.

그것이 방어막 마법의 두 번째 결함이었다.

시우는 놈의 방어막이 생성될 때 척력에 의해 밀려나온 공기가 폭풍을 일으키는 것을 보고 직접 피부로 겪었다.

마력이 얼마나 방대하면, 또한 출력이 얼마나 강하면 그런 것이 가능할까 싶었지만 시우는 동시에 이런 생각도 들었다.

드래곤도 생명체라면 당연히 숨을 쉬어야 하지 않나?

수아제트의 방어막은 그 척력이 너무 강한 나머지 그가 숨을 쉬는데 필요한 공기마저도 밀어내며 주변을 진공상태를 만들었을 것이라는 생각이 가능했던 것이다.

즉, 방어막은 마력이 넘쳐난다고 언제까지나 펼칠 수 있는 것은 아니었다.

놈은 드래곤 사냥꾼들을 제압한 동작 제한 마법과 방어막을 동시에 유지하면서 시우에게 악몽 마법을 선사했다.

아마도 그래서 도중에 호흡의 한계를 느끼고 기존의 마법들을 풀어버리고 말았을 것이다.

그것이 지금 수아제트와 드래곤 사냥꾼들이 분전하고 있는 이유라고 시우는 추측했다.

그렇다고 한다면 시우가 노릴 것은 하나였다.

방어막이 풀리는 순간을 노린다.

호흡이 가빠진 드래곤은 위력적인 마법을 사용할 정신이 없을 것이다. 물론 호흡을 정돈하기 전까지는 방어막을 다시 치지도 못할 것이다.

그러니 방어막이 풀리는 그 순간이 최선의 기회였다.

'면역의 귀걸이랑 뇌전의 귀걸이를 사용할 수 있으면 좋았을 텐데.'

시우는 아쉬움을 느꼈지만 그 귀걸이의 특수 효과는 쿨타임, 즉 재사용 대기 시간이 1시간이나 되는 기술이었다. 이번 전투 중에 1시간을 기다리는 것은 불가능했다.

시우는 그 유니크 아이템 덕분에 수아제트의 약점을 발견할 수 있었던 것이라고 스스로를 위안했다.

면역의 귀걸이와 뇌전의 귀걸이를 풀어 아이템창에 넣어두고 두 개의 귀걸이를 꺼내 착용했다.

루리와 로이, 그리고 세리카에게도 선물한 적이 있던 기합의 목걸이와 세트를 이루는 아이템, 기합의 귀걸이[R]과 기합의 귀걸이[L]이었다.

R은 오른쪽을 뜻하고 L은 왼쪽을 뜻하는 것으로 목걸이와 귀걸이들은 각각 데미지 500을 무시하는 방어막을 자동으로 펼쳐준다. 총합하면 1,500에 해당하는 양으로 면역의 귀걸이나 뇌전의 귀걸이만큼은 아니더라도 전투에 큰 도움이 될 것이 분명했다.

중요한 것은 이 세트 아이템을 모두 모아 착용하면 효과가 상승한다는 것이었다.

띠링!

[액세서리 기합 세트를 착용하셨습니다. 세트 착용 효과가 적용됩니다.]

[데미지 무시량이 2,000으로 상승합니다.]

[최대 생명력이 300 상승합니다.]

이로써 시우의 최대 생명력은 1,626포인트가 되었고 방어막 효과로 인해 3,626만큼의 생명력을 가지고 있는 것과 다름이 없었다.

이 정도 생명력이라면 드래곤의 마법을 두세 번 정도 버티는 수준은 될 것이다. 방금 전에는 단박에 악몽 마법에 걸려버리는 탓에 제 기능을 못했지만 시우가 새로 장비한 방어구들의 물리 방어력와 마법 방어력은 굉장히 뛰어난 편이었다.

디자인이 좋아 착용하면 제법 멋이 난다는 건 덤이고 말이다.

시우는 수아제트와 드래곤 사냥꾼들이 전투를 벌이는 전장의 바로 밑까지 달려와 하늘을 올려다보았다. 수아제트는 역시나 방어막을 펼친 상태에서 하늘을 날고 있었고 성기사와 익시더들은 마법사의 도움을 받아 덩달아 하늘을 날며 수아제트를 상대하고 있었다.

수아제트의 마법으로 지상까지 뜨거워지는 엄청난 화염이 일어났다.

그러나 익시더들은 원력을 추진력으로 사용해 회피하며 수아제트의 방어막에 아우라를 날렸다. 아마 앞서 죽은 드래곤 사냥꾼들은 원력을 추진력으로 사용할 실력이 되지 못한 자들일 것이다.

마법사의 부유 마법만으로 드래곤의 마법을 전부 회피할 수는 없는 법이니까 말이다.

시우는 그들의 모습을 보며 고개를 끄덕였다.

'이렇게 하는 건가?'

원력을 발에 담아 뿜어보았다.

마법으로 하늘을 날면서 수아제트의 마법을 회피하려면 반드시 필요한 기술이었다.

시우의 몸이 원력으로 발휘한 물리력에 의해 잠시 허공으로 떠올랐다.

따단!

[업적 달성! 최시우님은 끝없는 정진으로 원력 통제의

중급 기술을 습득하셨습니다.]

　[칭호 = 중급 익시더가 주어집니다.]

　[원력 통제의 중급 기술에 해당하는 새로운 스킬을 습득합니다.]

　[물리력 행사를 스킬로 등록합니다.]

　'끝없는 정진이라.'

　시우는 피식 웃으며 부유 마법을 이용해 공중으로 떠올랐다.

　마력은 충분했다. 그러나 시우는 약간 걱정이 들었다. 문제는 원력이었다. 시우는 이제 막 원력을 각성한 익시더였다. 분명 최대 원력량은 많지 않을 것이다.

　시우의 기우는 당연한 것이었다. 원력을 모두 소모하면 부유 마법을 사용한 상태로는 수아제트의 마법을 피하지 못할 수도 있으니까.

　그러나 그런 걱정과는 다르게 시우는 몸속에서 끝없이 솟구치는 원력을 느낄 수 있었다.

　원력이라는 힘이 이렇게나 방대한 힘을 품은 것인가 싶을 정도였다.

　오른쪽 눈을 가리고 원력 게이지를 확인해보니 원력이 소모되는 대로 다시 차오르는 것이 보였다. 그 뿐 아니라 최대 원력량도 계속해서 늘어나고 있었다.

원력 (8/9)

원력 (8/10)

원력 (9/11)

······.

원력은 영혼에서 끌어오는 힘.

그만큼 지금 시우의 영혼은 끝없이 고양되고 있었다.

시우는 더 이상 쓸데없는 걱정은 하지 않았다.

그저 온 힘을 다해 수아제트를 쓰러트리는 것에만 전념하기로 다짐했다.

만약 전력을 다해서도 힘이 달려 쓰러트리지 못한다면 그건 그럴 수밖에 없었다고 받아들일 시우의 운명이겠지.

환하게 맑은 빛으로 빛나는 아우라를 두르고 마법으로 떠오르자 드래곤 사냥꾼들이 시우에게 시선을 던졌다.

"체슈!"

제7번 파티의 동료들도, 그리고 지금까지 그를 모르던 사냥꾼들도 체슈라는 이름을 입에 올렸다.

그가 아니었다면 지금 그들은 이렇게 드래곤과 싸울 기회도 주어지지 않았다는 것을 잘 알기 때문이었다.

특히 잔드는 시우가 무사하다는 사실에 울음을 터트릴 것 같은 눈빛을 하고 있었다.

시우는 리네를 뽑아 휘둘렀다.

"[비룡참!]"

그 짧은 순간에 리네에 담긴 마력은 비룡이 되어 수아제트를 향해 짓쳐나갔고 그런 비룡의 표면에는 아우라가 씌어 있었다.

비룡이 방어막을 거슬러 올라 수아제트의 다리를 물었다.

"〈크아아아!〉"

원래는 머리를 노리고 쏘아낸 기술이었지만 방어막에 의한 척력에 비켜버린 탓이었다. 그러나 수아제트의 방어막을 뚫고 그 육체에 직접 타격을 입힐 수 있다는 사실은 놀라운 사실이었다.

이것이 바로 원력이 가진 영혼의 힘.

수아제트의 생명력이 500포인트 가량 떨어진 것을 확인하며 시우는 가망성을 느꼈다. 그 공격에 고통으로 몸부림치던 수아제트가 두리번거리다가 시우를 발견했다.

수아제트는 시우를 기억하고 있었다.

지금 이 상황, 고작 인간 버러지 따위에게 고통을 겪어야할 모든 것이 저 놈 때문이었다.

"〈…검은 버러지 새끼가!〉"

수아제트의 이마로, 드래곤 하트로 엄청난 양의 마력이 모이기 시작했다.

시우는 그것을 감지하며 전신에 소름이 끼치는 것을 느꼈다.

"〈파괴, 고통, 멸망, 괴멸. 빛마저도 무너져 내리고 어둠마저 공포에 떤다. 이것은 영혼까지 꿰뚫을 분노의 창이니, 그 앞에 대항하는 모든 자에게 죽음을 내린다!〉"

순간 드래곤 하트로 모이던 마력이 소멸한 듯 아무것도 느껴지지 않았다.

그러나 시우는 직감했다. 마법은 성공했다. 지금 당장 피해야한다.

원력을 발에 담아 뿜으며 자리를 피했다. 그리고 그 순간 시우가 있던 공간으로 검은 무언가가 가로질렀다.

콰콰콰콰콰—!

표현하자면 검은 광선이라고 할 수 있는 그것은, 지나간 자리에 빛이 남는 것마저 허용하지 않는 듯했다.

시우는 그것을 피해낼 수 있었지만 그럼에도 불구하고 검은 광선에서 뿜어져 나온 충격파에 육체가 타격을 입어 오토매틱 실드가 작동했다.

[1,137만큼 피해를 입습니다. 특수 효과 오토매틱 실드가 자동 발동됩니다.]

[무시 피해 잔량 (863/2,000) 남았습니다.]

기합 세트 액세서리가 아니었다면 이번 마법으로 빈사 상태에 빠졌을 만한 일격이었다.

시우는 충격파에 의해 튕겨나간 몸을 바로잡으며 검은 광선이 지나간 궤적을 돌아보았다.

검은 광선을 피하지 못한 사냥꾼들은 물론, 검은 광선에 가까운 곳에서 날고 있던 사냥꾼들조차 육체가 무너져 내리며 죽음을 맞이했다.

이번 공격으로 남은 30명의 사냥꾼 중 10명이 죽고 말았다.

그것으로도 검은 광선은 전혀 위력이 죽지 않아 하늘의 기둥을 부수고 바깥으로 통하는 바람구멍을 뚫었다.

콰과광!

우르르르!

그리고 곧이어 가까운 산에 부딪혀 폭발을 일으킨 검은 광선.

하얗게 빛을 내며 솟구치더니 거대한 먼지구름을 일으켰다.

시우는 정신이 아찔해졌다.

마력이 가진 소리의 속성을 이용해 시우도 물체를 파괴하는 마법을 개발해 거기에 파괴 마법이라는 이름을 붙였지만 그것이 소꿉장난처럼 느껴질 정도로 이 마법이야말로 파괴 마법이라는 이름이 어울렸다.

수아제트의 남은 마력을 확인해보니 이번 마법으로 15만 포인트의 마력을 소모한 것을 확인할 수 있었다.

15만 포인트라면 인간이 수명이 다할 때까지 모아도 다 모을까 말까할 만큼 엄청난 마력량이었다. 그러나 시우는 그것도 소모량이 너무 적은 듯했다. 이 정도 위력의 마법이라면 마력을 30만 가량 소모해도 좋지 않을까?

그만큼 이번 마법의 위력은 끔찍했다.

수아제트의 남은 마력은 앞으로 30만. 두 방까지는 무리라도 앞으로 한 방은 더 이 마법을 쏘아낼 수 있을 것이다.

시우는 드래곤이라는 존재의 두려움을 절실히 느낄 수 있었지만 그럼에도 불구하고 머리를 냉정하게 굴리는 것을 그만두지 않았다.

이렇게나 강한 위력의 마법이었다. 분명 수아제트도 부담을 느낄 것이 분명했다. 어쩌면 지금 당장에라도 방어막을 풀지도 모를 일이었다.

그런 시우의 예상이 들어맞았는지 수아제트가 급하게 새로운 마법을 준비했다.

아마 방어막을 풀고 있을 동안 드래곤 사냥꾼들의 정신을 흔들어 놓을 마법이겠지.

"〈혼란과 착각에 빠져 몸부림쳐라!〉"

띠링!

[상태이상 환각에 빠집니다.]

시우는 시스템 알림을 통해 환각 상태에 빠졌다는 것을 바로 알 수 있었지만 곧이어 터져 나온 폭발에 왼발이 날아가고 전신에 화상을 입어 제정신을 차릴 수 없었다.

"크아악!"

아프다. 끔찍하다. 환각인 것을 알면서도 손을 쓸 방법이 없었다.

아니, 이건 정말 환각인 걸까?

정말로 공격 마법에 맞은 것은 아닐까?

연이어 검은 광선이 터져 나오며 시우의 심장을 꿰뚫고 지나갔다.

심장을 중심으로 전신을 이루는 세포가 붕괴되어 무너져 내리는 광경이 생생했다.

그러나 시우는 오히려 그 검은 광선 덕분에 제정신을 차릴 수 있었다.

'처음 마법에도 그렇지만 검은 광선이 몸을 꿰뚫는데 오토매틱 방어막이 작동을 안 했어.'

만약 이것이 정말 공격 마법이었다면 아까도 그랬듯이 얼마의 피해량을 무시했다고 알림창이 떠야만 했다. 그러나 그런 알림창은 뜨지 않았다.

왜? 이것은 환각이니까.

그러나 환각이라는 것을 알아도 고통은 실제와 다르지 않았다.

시우는 계속해서 아득해지는 정신을 가까스로 다잡으며 아이템창을 열어 상태이상회복 포션을 사용했다.

띠링!

[상태이상 환각이 회복됩니다.]

시우는 그제야 바닥에 추락해 쓰러져 있는 자신을 인식했다. 바로 올려다본 허공에선 환각 상태에 빠져 허우적거리는 드래곤 사냥꾼들을 내려다보는 수아제트가 있었다.

그 몸을 지키고 있던 방어막은 풀린 상태였다.

절호의 기회.

그리고 마지막 기회.

남은 마력량에서 추측해 보건데 아마 호흡을 정돈하고 다음으로 방어막을 펼칠 때 수아제트는 승부수를 띄울 것이 분명했다.

30만이나 되는 마력 포인트가 적은 것은 아니었지만 수아제트는 분명 상대적으로 적다고 느낄 것이 분명했다.

시우는 마법으로 몸을 띄우며 원력을 추진력 삼아 수아제트에게 돌진했다.

바닥을 내려다보며 호흡을 고르던 수아제트의 눈이 커졌다.

또 그 검은 인간 버러지였다.

도대체가 영문을 알 수 없었다.

처음 동작 제한 마법을 걸었을 때도 그렇고, 악몽 마법에 걸려서도 자력으로 이겨내더니 환각 마법에 걸렸음에도 불구하고 또 움직이고 있었다.

수아제트는 질색을 느끼며 마법을 준비했다.

아직 호흡이 고르지 않았다. 이것은 그 일생의 첫 전투였다.

그가 태어나고 300년간 이렇게 많은 마력을 소모한 것도 처음이고 이런 고통을 느껴본 것도 처음이었다. 정신력이 따라주지 않았다. 아마 위력 있는 마법은 사용하지 못할 것이다.

그래도 복수심은 들끓었다.

복수심은 마법에 긍정적인 정신적 에너지였다.

그 자체만으로 정신을 고양시키며 마법의 위력을 극대화할 수 있었다.

"〈탐욕으로 모든 것을 집어삼킬 불이여!〉"

수아제트의 드래곤 하트가 번쩍 빛나며 불길이 뿜어져 나왔다.

부채꼴로 퍼지며 쏟아지는 불길은 피하는 것이 만만찮아 보였다. 그러나 시우는 그것을 피할 생각이 없었다.

리네를 마주 휘두르며 불길로 뛰어들었다.

[366만큼 피해를 입습니다.]

[290만큼 피해를 입습니다.]

[207만큼 피해를 입습니다.]

[무시 피해 잔량 (0/2,000) 남았습니다. 특수 효과 오토매틱 실드가 해제됩니다.]

리네에 아우라를 씌워 화염의 마력을 흡수하는데도 엄

청난 양의 피해가 들어왔다.

그나마 오토매틱 실드의 방어막으로 불길에 뛰어들고도 열기나 고통은 느껴지지 않았는데 그것이 풀리자 전신이 녹아내릴 것 같은 열기가 느껴졌다.

띠링!

[상태이상 화상을 입습니다.]

"크윽!"

생명력이 곤두박질치기 시작했다.

만약 평범한 사람이 이곳에 뛰어들었다면 그 즉시 숯덩 이가 되었을 것이다.

시우의 방어구가 가진 마법 방어력이 있었으니 이만큼 이나 피해량을 줄일 수 있었다.

시우는 불길을 헤치고 뛰쳐나와 리네를 휘둘렀다.

수아제트는 드래곤의 화염 마법에 몸을 던진 미쳐버린 검은 버러지의 행위를 비웃다가 불길을 뚫고 나온 놈의 모 습에 놀라며 몸을 비틀었다.

시우는 즉시 리네에 씌운 아우라로 물리력을 행사했다.

아우라는 채찍처럼 굽으며 드래곤 하트를 노리고 날아 갔다. 그러나 수아제트는 시우의 공격에 반응할 수 있었 고, 하얗게 빛나는 아우라의 채찍은 수아제트의 눈꺼풀을 때렸다.

쫘악!

"그아아아!"

처음으로 수아제트의 육성이 터졌다.

참을 수 없는 고통에 드라고니스를 사용할 여력도 남지 않은 탓이었다. 수아제트가 고통에 몸부림치며 꼬리를 휘둘렀다.

수아제트를 공격하는데 집중하느라 아우라를 다리로 돌리지 못한 시우는 그 공격에 적중 당했다.

퍼억! 콰앙!

시우의 몸이 바닥으로 패대기쳐졌다. 그 몸은 바닥을 부수고 꽂히며 박혔다.

시우는 그 속에서 돌더미를 헤치고 일어나며 화상으로 인한 지속 데미지에 금방이라도 죽을 것처럼 빠르게 추락하는 생명력을 느꼈다.

서둘러 아이템창을 열어 상태이상회복 포션과 생명력회복 포션을 사용했다.

급한 것은 그뿐이 아니었다.

수아제트의 눈알에 상처를 입혀 시간을 조금 더 벌긴 했지만 놈이 고통을 이겨내고 정신을 차리면 다시 방어막을 칠 것은 당연한 사실이었다.

그렇게 되면 끝장이었다.

수아제트가 다시 방어막을 치기 전에 승부를 보아야했다.

시우는 리네에 마력과 원력을 함께 담으며 그것을 휘둘렀다.

"[비룡참!]"

원력을 두른 비룡참이 다시 수아제트를 향해 치솟았다.

아까는 방어막으로 인해 다리에 상처를 입히는 것이 전부였지만 지금이라면 큰 데미지를 입히는 것도 가능할 것이다.

수아제트는 고통으로 몸부림을 치는 와중에서도 그것을 볼 수 있었다.

이미 몇 번이나 겪어본 마법이었다.

아니 저것이 진정 마법인지는 수아제트도 확신할 수 없었지만 그 위력만큼은 인정하고 있었다.

수아제트는 열심히 날갯짓을 하며 그것을 피해내려 했지만 비룡은 시우의 의지에 따라 방향을 전환할 수 있었다.

비룡이 수아제트의 목덜미를 물어 넉백 효과를 발휘했다.

27미터의 거구가 비룡에 의해 패대기쳐졌다.

콰과광!

7.8톤이나 되는 몸무게다.

단지 추락하는 것만으로 폭발음과 같은 파열음이 터져나왔다.

시우의 몸이 빠르게 수아제트를 향해 날아갔다.

이번 공격으로 수아제트의 생명력이 절반 이하까지 떨어졌다는 것을 확인했다. 그러나 회복 마법을 쓰면 단숨에 회복될 상처였다.

드래곤 하트를 노려야 했다.

수아제트의 이마에서 빛나는 드래곤 하트를 부숴 놈의 숨통을 완전히 끊어야 했다.

"이것으로 끝이다!"

시우의 검격이 수아제트의 드래곤 하트를 향해서 떨어져 내렸다.

그러나 리네는 드래곤 하트의 한 치 앞에서 멈춰 나아갈 생각을 하지 않았다.

"제발!"

시우는 모든 원력을 끌어올리며 전신을 강화했다.

그것으로 부족해 리네에 씌운 원력을 날카롭게 벼려냈다.

리네가 드래곤 하트에서 뿜어져 나오기 시작한 척력의 마력을 흡수하기 시작했지만 좀처럼 드래곤 하트와의 거리는 좁혀지지 않았다.

불과 십 수 센티미터.

그 거리만 관통하면 수아제트의 숨통을 끊을 수 있었다.

시우는 전신의 아우라를 추진력으로 바꿨다.

시우의 몸을 지키기 위해 두르고 있던 아우라가 소용돌이치며 시우의 몸을 앞으로 내질렀다.

시우의 몸이 조금 앞으로 나아갔다. 그러나 그것은 수아제트의 몸이 뒤로 밀리면서 일어난 일일 뿐, 드래곤 하트와 리네 사이의 거리는 조금도 좁혀지지 않았다.

이내 원력을 모두 소모한 시우의 몸에서 빛이 점차로 약해지며 아주 사라졌다.

끝없이 솟구칠 것 같았던 원력에도 결국 끝은 있었다.

시우의 몸이 폭풍과도 같은 수아제트의 방어막에 의해 내동댕이쳐졌다.

그것을 내려다보는 수아제트의 한쪽 눈이 공포에 질려 있었다.

그러나 모든 것이 끝났다.

시우를 제외한 모든 사냥꾼들은 환각에 빠져 헤어 나오지 못하는 상태였고, 끝없이 솟구치던 시우의 원력도 모두 고갈된 상태였다.

수아제트의 방어막도 늦지 않게 칠 수 있었다.

놈에 의해 벌써 몇 번이나 죽음의 공포를 맛보았는지 알 수 없었다.

시우는 수아제트의 방어막에 튕겨 나온 충격으로 몸을 움직일 수 없었다. 생명력회복 포션을 사용하면 움직일 수 있겠지만 시우는 사용하지 않았다.

모두 끝났다.

생명력을 회복해 몸을 움직일 수 있게 된다 하더라도 원력을 모두 소모한 지금으로서 방어막을 성공적으로 친 수아제트를 공격할 수단이 남아있지 않았다.

척력을 발휘한 덕분에 허공에 떠오른 수아제트가 회복 마법으로 소모된 생명력을 회복했다.

비룡에 의해 내동댕이쳐지며 부러진 날개가 고쳐지고, 피가 흐르던 눈에서 출혈이 멈췄다. 그러나 완전히 뭉개진 눈알은 고쳐지지 않았다.

그것을 본 시우가 피식 웃었다.

"네 숨통은 거두지 못했지만 눈알은 내가 가져간다."

어차피 죽을 수밖에 없는 순간이었다.

시우는 공포도 잊고 놈을 도발했다.

수아제트는 그런 시우의 말에 전신을 부들부들 떨었다. 놈을 죽이지 않고 남겨둬서 평생에 거쳐 정신 마법을 부리며 고통에 몸부림치도록 만들어주고 싶었다.

그러나 놈은 이미 몇 번이나 수아제트의 정신 마법을 견뎌낸 인간이었다. 수아제트는 그에게 위협을 느끼며 당장에 죽여야 한다고 판단했다.

"〈파괴, 고통, 멸망, 괴멸……!〉"

검은 광선의 마법 주문이었다.

시우는 자신 하나를 죽이기 위해 전심전력을 다하는 수

아제트의 모습에 끝까지 조소를 지우지 않았다.

"아, 배고파."

눈을 감았다.

현실에서 죽고 이계로 넘어온 지난 1년 8개월, 짧다면 짧은 시간이지만 제법 즐거웠다.

물론 힘든 일도 있었고 죽을 위기를 몇 번이나 넘겼지만 전생에선 느끼지 못했던 즐거움을 맛볼 수 있었다.

누군가와 함께 한다는 것.

그것의 소중함을 깨달을 수 있었다.

드래곤에게 주문을 외는 시간은 그렇게 긴 시간이 아닐진대 시우는 그 짧은 시간 수많은 것들을 떠올렸다.

리네, 다시 만나기로 약속했는데. 미안해. 마을에서 나올 필요는 없어. 나는 여기서 죽을 테니까.

세리카, 이럴 줄 알았으면 동족들에게 돌려보내 주는 거였는데.

루리와 로이, 1년 내에 돌아간다고 했는데, 약속 지키지 못해 미안해. 아아, 돌아오지 않는다고 계속해서 기다리면 미안한데…….

그간 만났던 사람들이 하나하나 주마등과 같이 지나갔다.

그리고 지그시 감은 눈 너머로 더 이상 아무도 보이지 않자 시우는 다시 눈을 떴다.

그 순간 수아제트의 드래곤 하트에서 검은 광선이 뿜어
져 나왔다.

죽음의 순간이었다.

마지막 한 줌 숨결을 들이키며 생을 단념하는 순간 시우
의 몸을 포근한 기운이 감싸 안았다.

그리고 지면과 격돌한 검은 광선의 폭발이 일어났다.

시우의 몸이 폭발에 휘말려 날아갔다. 그러나 시우는 죽
지 않았다. 마지막 순간에 누군가가 시우의 몸을 밀쳤다.
검은 광선에 관통당하는 사태는 피했지만 그래도 광선의
영향은 강력했다. 검은 광선이 폭발을 일으키며 시우를 집
어삼켰지만 누군가가 시우의 몸에 씌워준 포근한 기운 덕
에 조금의 피해도 입지 않았다.

폭발의 영향으로 세상이 뒤집혔다. 생을 단념하는 순간
찾아왔던 평안이 거짓인 듯 위아래가 뒤집히고 마구 흔들
렸다.

겨우 폭발의 영향에서 벗어난 시우의 몸이 벽에 패대기
쳐졌다. 그러나 역시나 시우의 몸을 감싸고 있는 포근한
기운에 시우는 보호받을 수 있었다.

시우의 곁으로 누군가가 날아왔다.

그 또한 폭발의 영향 속에 휘둘리며 벽에 패대기쳐진
듯했다. 그러나 시우와는 다르게 전신에서 피를 흘리고
있었다.

패대기쳐지며 튀긴 피가 벽을, 시우의 얼굴을 붉게 물들였다.

눈에 튀긴 피를 닦아내고 간신히 눈을 뜬 시우의 시야로 어린 소년이 들어왔다.

"…잔드?"

하반신은 검은 광선에 맞아 소멸되었고 마법의 영향은 계속해서 잔드의 몸을 붕괴시키고 있었다.

시우는 자신의 몸을 내려다보았다. 잔드의 아우라가 시우의 몸을 지키고 있었다.

시우가 생을 단념한 그 순간, 시우를 구한 이는 잔드였다.

스스로의 몸을 지키는 것도 포기하고 시우의 몸에 아우라를 씌워서.

"어째서."

더 이상 수아제트에게 대항할 가망성이 시우에겐 남아 있지 않았다. 이제는 죽음의 순간만을 기다리는 절망만이 남은 것이다.

그런데 왜? 왜 스스로 목숨을 바쳐가면서까지 시우를 구한단 말인가?

"저는 당신 같은 영웅이 되고 싶었어요."

영웅?

누가? 체슈가?

"…나는 영웅 따위가 아니야."

"당신은 그렇게 말할지 몰라도 이 탑을 오르는 내내 당신은 나의 영웅이었어요. 강한 적을 두려 않고 드래곤이 막아선다 할지라도 검을 드는 당신이 나의 영웅이라고요."

잔드가 울컥 피를 토했다. 그러나 그 얼굴은 웃고 있었다.

"더 이상 말 하지 마."

시우는 서둘러 아이템창을 열었다.

제아무리 드래곤의 마법에 의해 붕괴현상이 일어나고 있다 하더라도 시우의 포션이면 그것을 막고 잔드를 구해낼 수 있었다.

시우는 말을 하지 말라고 했지만 이미 죽음을 감지한 잔드는 입을 다물지 않았다.

"삶을 단념하지 마세요. 삶은 단념하는 것이 아니라 각오하는 거예요."

시우는 간신히 아이템창에서 포션을 꺼내 들었지만 잔드는 그 말을 마지막으로 숨을 거두고 말았다.

포션을 든 시우의 손이 떨렸다.

그가 죽었다는 사실을 알면서도 그의 고개를 바쳐 입술에 포션을 흘려 넣었다. 그러나 그의 입술을 타고 포션이 흘러넘치도록 부어넣어도 그가 다시 일어나는 기적은 일어나지 않았다.

잔드는 죽었는데 그의 아우라가 여전히 시우의 몸을 지키고 있었다.

시우는 그것을 보며 잔드의 영혼이 그와 함께하는 것을 알 수 있었다.

눈에서 눈물이 흘렀다. 그러나 시우는 슬픔에 흐느껴 울여유도 가지지 못하고 그 눈물을 훔쳐내야 했다.

잔드가 말했다. 삶을 단념하지 말라고.

스스로의 목숨을 바쳐가면서까지 가르쳐준 것이다. 삶은 각오하는 것이라고.

이런 후미진 곳에 주저앉아 눈물이나 흘리고 있을 수는 없었다.

후들거리는 다리를 부여잡고 자리에서 일어났다.

포션을 마시고 몸을 만전의 상태로 만들었다.

생명력과 마력이 가득 차고 모든 상태이상이 회복되었다.

원력이 부족했지만 [퍼펙트 리제너레이션]으로 바뀐 리젠을 사용하자 원력이 회복되기 시작했다.

10초가량이 지나서야 1포인트씩 회복되는 매우 느린 속도였지만 희망이 아주 없는 것은 아니었다.

시우는 의문을 느끼고 수아제트의 마력이 느껴지는 곳으로 시선을 던졌다. 아직 검은 광선에 의해 일어난 먼지 구름이 걷히지 않아 아무것도 보이지 않았지만 폭발음이 들려오는 것으로 누군가가 수아제트와 맞서 싸우고 있다는 것을 알 수 있었다.

시우가 죽지 않았는데도 수아제트가 마무리를 짓지 못한 이유가 거기에 있는 듯했다.

하지만 누가?

감히 누가 있어서 수아제트와 맞서 싸울 수가 있는 거지?

시우를 죽이기 위해 무리를 한 탓에 몇몇 드래곤 사냥꾼들의 환각 상태가 풀리긴 했지만 그들의 한계는 명확했다.

고작해야 시간을 끌면서 마력을 소모시키는 것.

아무리 그들의 능력이 출중하다고 해도 수아제트의 앞길을 막아설 능력은 지니지 못했다.

이내 검은 광선에 의해 뚫린 바람구멍으로 바람이 휘몰아쳐 먼지구름을 걷어갔다. 그리고 눈에 들어온 광경은 거대한 날개로 하늘을 날며 춤을 추는 은빛 요정이었다.

"세리카?"

세리카가 단신으로 수아제트에게 대항하고 있었다.

아무리 마력 잔량이 14만밖에 남지 않았다지만 상대는 드래곤이었다. 세리카에게 드래곤을 상대로 단신으로 싸울 능력이 있다고는 생각하기 힘들었다.

그러나 사실이었다.

세리카의 전신에서 방대한 양의 원력이 뿜어져 나오며 정령들을 소환해 수아제트에게 맞서 싸우고 있었다.

수아제트의 드래곤 하트에서 불길이 뿜어져 나왔다.

시우도 겪어본 바 있는 드래곤의 화염 마법.

시우는 당장 피하라고 소리치려고 했다.

시우가 그 마법에 맞설 수 있었던 것은 그가 입고 있는 방어구와 액세서리의 세트 효과가 있었기 때문이었다. 그러고도 포션을 사용하지 않으면 위험할 정도의 피해를 입었는데 세리카가 그 마법에 대항할 수 있으리라고는 생각하기 힘들었다.

그러나 그런 시우의 걱정이 무색하게 드래곤의 화염 마법으로 수많은 불의 정령들이 뛰어들더니 그대로 열기를 흡수해 덩치를 불렸다.

수아제트의 마법은 세리카의 근처에도 닿을 수 없었던 것이다.

그뿐 아니라 오히려 세리카가 부리는 불의 정령들이 그것을 흡수하고 더욱 강해졌다.

"〈어째서 알테인이 이곳에! 그곳을 비켜라! 나는 검은 버러지의, 그놈의 숨통을 끊어야 한다!〉"

수아제트가 시우를 향해 날아오려고 발버둥을 쳤지만 세리카가 세이피어를 휘두르자 그것을 따라 불의 요정들이 수아제트를 향해 몰아쳤다.

거대한 불길이 솟구쳤다.

드래곤의 화염 마법과도 비견되는 위력.

그러나 그런 세리카의 공격으로도 수아제트의 방어막을 꿰뚫는 것은 불가능했다. 단지 시우를 향해 날아가려는 수아제트를 가로막는 정도가 세리카의 한계였다.

"그렇게 둘 수는 없어. 체슈는 내가 지켜!"

세리카의 전신에서 뿜어져 나오는 은빛 아우라가 한층 강해졌다.

"저건……."

시우는 불길한 기분이 들었다.

만약 시우가 원력을 각성하기 전이었다면 계속해서 강해지는 세리카의 모습에 감탄을 했을 것이다. 그러나 이제는 안다. 원력은 영혼의 힘이었다. 때문에 시우는 불안을 감출 수 없었다. 부자연스러울 정도로 강해진 세리카의 모습이 마치 영혼을 강제로 찢어 소모하는 것처럼 보였기 때문이었다.

그리고 그런 시우의 예상은 크게 틀리지 않았다.

세리카는 스스로의 영혼을 희생하며 강제적으로 힘을 끌어다 쓰고 있었다.

시우를 지키겠다는 일념으로.

시우는 고민했다. 이대로 세리카가 시간을 끌어준다면 시우는 원력을 더 회복할 수 있을 것이다. 그러나 이대로 세리카가 원력을 계속해서 소모하면 전투가 끝난 후 세리카가 멀쩡하리라곤 생각할 수 없었다.

지금 세리카에게 협력해 싸운다면?

세리카의 부담을 덜어줄 수는 있겠지만 실질적으로 수아제트에게 직접적인 타격을 입힐 수단은 없었다.

그렇다고 수아제트가 마력을 모두 소모하기까지 세리카가 저 상태를 유지할 수 있을 것 같지는 않았다.

시우는 고민했지만 결정을 내렸다.

세리카를 도와 수아제트를 상대한다.

가능성은 낮은 방법이지만 불가능은 아니었다.

그것도 그럴 것이 수아제트의 마력은 이제 14만 포인트밖에 남지 않은 상태였다. 이미 드래곤 사냥꾼들은 모두 쓰러지고 시우도 원력을 사용할 수 있는 상태가 아니었지만 그 마력을 전부 소모하기까지 수아제트의 마법을 피해 다닐 수 있다면 이길 가능성은 남아 있었다.

시우가 세리카의 곁으로 달려 나가려는 순간 누군가가 시우의 앞을 가로막고 섰다.

머리 위로 쫑긋 솟은 짐승의 귀와 꼬리를 가진 묘인.

"리나 씨?"

시우는 그제야 수아제트에게서 멀리 떨어져 있던 리나와 세리카가 환각 마법에서 자유로울 수 있었음을 깨달았다.

리나의 도움을 받을 수 있다면 수아제트를 이겨낼 가능성은 더욱 컸다.

시우는 희망을 느끼며 앞서 나가 리나를 이끌었다.

"자, 빨리 세리카를 도우러 가요. 우리가 함께하면 가능성은 충분해요!"

그러나 그 순간 손에 원력을 입힌 리나가 시우의 뒤통수를 때렸다.

시우의 몸은 잔드의 아우라로 지켜지고 있었지만 리나의 아우라는 그보다 더 강력했다.

시우는 더 이상 의식을 유지할 수 없었다.

풀썩 힘없이 쓰러진 시우를 리나는 어깨에 짊어지고 수아제트와 싸우고 있는 세리카에게로 다가갔다.

"세리카. 성공했냐. 하지만 정말로 괜찮겠냐?"

수많은 정령들을 수아제트에게 몰아붙이며 세리카가 슬픈 표정으로 리나와 시우를 돌아보았다.

"이렇게라도 하지 않으면 체슈는 나와 함께 싸우겠다고 할 것이 뻔하니까요."

세리카는 지난 체슈와 함께했던 생활을 돌아보았다. 1년 남짓의 짧은 시간이었지만 의미 없이 숨만 쉬던 그때까지의 생활이 더 이상 기억나지 않을 정도로 즐거운 시간들이었다.

"나는 괜찮아. 체슈가 살 수 있다면 그걸로."

세리카의 전신에서 뿜어져 나오는 은빛 아우라가 한층 강해졌다.

시우를 생각하는 마음, 세리카의 영혼이 마지막 한줌까지 타오르며 힘을 빌려주고 있었다.

세리카의 주위로 바람이 휘몰아쳤다.

그녀의 몸에서 솟구치는 거의 모든 원력을 담아 바람의 정령을 만들었다.

지금까지 본 어떤 정령보다도 막강한 정령이 세리카의 영혼을 인계받아 태어났다.

"리나, 체슈를 부탁할게."

리나는 말없이 고개를 끄덕였다.

그리고 세리카의 손짓에 따라 강렬한 바람이 리나와 체슈의 주변을 휘몰아치며 그 몸을 옮기기 시작했다. 도주로는 이미 검은 광선에 의해 뚫려 있었다.

수아제트는 바람의 정령에 실려 탑을 빠져나가는 리나와 체슈를 쫓을 수 없었다.

"〈이 빌어먹을 날파리가!〉"

수아제트의 분노는 세리카에게로 쏟아졌다. 체슈를 도주시키기 위해 세리카는 많은 원력을 소모한 상태였지만 그것은 수아제트도 마찬가지였다.

의미 없는 소모전이 이어졌다.

"루카 씨."

세리카의 목소리에 쓰러져 있던 루카가 움찔 몸을 떨었다.

"환각 상태에서 벗어난 것은 알고 있어요. 여기는 제가 막을 테니 아직 살아남은 분들을 데리고 도망쳐 주세요."

루카는 그제야 멀쩡히 바닥에서 일어났다. 상황을 지켜보며 도망갈 타이밍만 재고 있었는데 세리카가 알아서 희생되어 준다고 하니 거절할 이유가 없었다.

루카가 아무런 말도 없이 마법을 이용해 아직까지 숨이 붙어있는 드래곤 사냥꾼들을 데리고 하늘을 날아 도망치기 시작했다.

수아제트는 뻔히 그것을 지켜보면서도 아무것도 할 수가 없었다.

모두가 떠나간 자리에서 세리카의 고독한 싸움이 계속되었다.

그리고 한참이 지나서 세리카의 원력이 고갈되었다.

정령들도 모두 힘을 잃고 세리카는 더 이상 하늘을 날 힘도 남지 않아 바닥으로 떨어져 내렸다.

힘없이 쓰러진 그녀의 모습을 수아제트는 멍하니 바라만 보았다.

마력은 이제 1할도 남지 않아 도망간 인간들을 쫓을 여력은 없었다.

모든 것이 그 검은 버러지와 이 날파리 때문이었다.

수아제트는 머리끝까지 솟구치는 분노를 참을 수 없었다.

검은 버러지는 놓치고 말았지만 적어도 이 알테인은 수중에 넣을 수 있었다.

정령을 다루는 알테인의 능력은 드래곤에게도 불가사의한 능력.

알테인을 세뇌시켜 평생 부려먹는 것으로 복수를 대신하자고 생각을 정리했다.

"〈그리고 검은 버러지. 그래, 체슈라고 했던가. 이 알테인은 놈과도 인연이 있는 듯하니 인질로도 쓸 만하겠지.〉"

수아제트의 손톱이 뭉개져 회복되지 않는 눈알의 눈꺼풀을 쓰다듬었다.

"〈놈은 반드시 내가 죽인다.〉"

수아제트는 하나 남은 눈을 부라리며 다짐했다.

Respawn

21장.
바람의 정령

21강.
바람의 정령

리스폰

시우는 바람의 정령에 의해 한참을 날아오다가 추락하면서 겨우 정신이 들었다.

비가 쏟아졌다.

시우가 이계로 넘어온 지 1년 8개월이 되었지만 이렇게 많은 비가 쏟아지는 것은 처음이었다.

덥다. 6월, 초여름이라는 것을 감안해도 무척 습하고 더웠다.

나무가 낯설다.

매우 우거진 나무들이 사방을 둘러싸고 바닥은 습지가 끝없이 펼쳐져 있었다.

시우는 추락하면서 꺾인 나뭇가지에 나이테가 없다는

점을 알아보고 불길한 예감이 들었다.

"…여기가 어디야."

눈을 뜨고도 한참을 둘러보며 말이 없는 시우를 리나는 불안한 눈초리로 지켜보고 있었다.

"나도 모르냐. 단지 알 수 있는 건 탑에서 굉장히 멀리 날아왔다는 거냐."

"…세리카는 어디 있어."

시우의 질문에 리나는 대답할 수 없었다.

리나도 세리카가 어떻게 되었다는 것을 알 수 없다는 문제도 있었다. 그러나 아마 무사하지는 못하겠지. 세리카는 처음부터 스스로를 희생할 각오로 시우를 도망시켰으니까.

시우가 그 사실을 알게 되어서 좋을 건 아무것도 없었다.

물론 말하지 않는다고 해서 상황판단이 안 될 시우는 아니었지만 말이다.

"탑으로 돌아가겠어."

"그만두냐. 이미 그때로부터 몇 시간이나 지났냐. 지금부터 돌아간다고 해도 세리카는 이미……."

리나의 말에 시우의 눈이 돌아갔다.

"이미 뭐?! 죽었다고? 그럼 너는 세리카가 죽을 것을 알고 내버려뒀다는 말이야?"

"어쩔 수 없었냐!"

리나의 불끈 쥔 주먹이 분해서 바들바들 떨렸다.

"내가 할 수 있는 건 이게 최선이었냐. 체슈도 알지 않냐. 그렇게 계속해서 싸워봐야 모두 죽을 뿐이었냐. 모두가 죽을 바에야 한 명이 희생해서 다른 사람들을……!"

"그렇다고 세리카가 희생할 필요는 없었잖아!"

시우의 고함이 얼마나 컸던지 순간 사위가 조용해진 것 같은 착각을 느꼈다.

그러나 그것도 잠시 쏟아지는 빗소리가 쓸쓸하게 주위를 감싸기 시작했다.

"…세리카의 선택이었냐. 세리카는 너를 지키고 싶어서 스스로를 희생했냐. 지금 탑으로 돌아가서 드래곤에게 목숨을 잃으면 그런 세리카의 희생도 개죽음이냐."

리나의 목소리는 작았지만 날카로웠다.

리나를 뒤로하고 걸음을 옮기려던 시우의 발걸음이 멎었다.

그러나 가슴 속에서 들끓어 오르는 이 기분을 억눌러 참을 수는 없었다.

"…원력을 각성했어. 나에겐 특별한 마법도구가 있어. 드래곤의 정신 마법에서 벗어날 수 있고, 또한 움직임을 묶어둘 수 있는 마법도구. 처음부터 원력이 있었다면 이렇게 될 일도 없었겠지. 원력을 각성한 지금이라면 놈을 죽일 수 있어."

리나는 스스로를 설득하듯 중얼거리는 시우의 뒷모습을 바라보면서 고개를 저었다.

"드래곤도 바보는 아니냐."

같은 기습이 두 번 통하지는 않을 것이라는 충고였다.

시우도 그 사실은 안다. 그러나 가만히 있을 수가 없었다.

설사 이 길이 죽으러 가는 길이라고 하더라도 마음 깊은 곳에서 들끓는 복수심은 꺼질 줄을 몰랐다.

무엇보다 자신을 향한 분노를 참을 수가 없었다.

멍청하게 이 세계를 게임 따위로 착각하고 레벨이나 올릴 생각으로 제 발로 함정에 걸어들어 가다니.

시우가 아니었다면 세리카는 지금도 루리와 로이와 함께 웃고 떠들며 즐거운 생활을 계속하고 있었을 것이다.

의식적으로 그 사실을 인지하지 끔찍한 기분이 시우의 전신을 엄습했다.

멍청하게, 이렇게 멍청할 수가!

후회는 아무리 해도 부족했다.

죽거나 살거나 지금은 그 실수를 만회하기 위해 행동을 해야만 했다.

지금 당장 드래곤을 죽일 수 있느냐 없느냐 하는 가능성은 아무런 상관도 없었다.

죽인다면 복수에 성공하는 것이고, 놈을 죽이지 못해 스

스로 죽게 되더라도 자신의 잘못에 대한 죄벌이라는 생각
이 들었다.

리나는 마치 시우의 생각을 읽기라도 한 듯 시우의 등을
향해 소리쳤다.

"잔드의 죽음을 떠올리냐! 지금 이렇게 드래곤을 찾아
가는 것은 각오냐? 그렇지 않으면 단념이냐? 만약 그 길이
죽음을 향해 걷는 단념의 길이라고 한다면 너는 잔드의 죽
음마저 짊어질 책임이 있냐!"

리나라고 진심으로 그렇게 생각하는 것은 아니었다.

잔드의 죽음이 시우의 책임이라니.

잔드는 스스로의 선택으로 시우를 살리고자 한 것이다.
그 행동에 시우가 책임을 질 필요는 전혀 없었다.

그러나 시우의 걸음을 멈추기 위해 리나는 필사적이었다.

세리카에게 부탁받았으니까. 세리카가 마지막 순간에
말한 '체슈를 부탁한다'는 말은 이런 뜻이었을 것이다.

리나의 말은 효과적이었다. 시우의 걸음이 잠시 느려졌
다. 그러나 결코 걸음이 멎는 일은 없었다.

"잔드의 이름에 맹세하지. 나는 놈을 죽이기 위해 최선
을 다한다. 육신이 산산이 찢겨나가 죽음에 이르더라도 마
지막 영혼 한 조각까지도 놈을 죽이기 위해 움직이겠다고
각오하겠어."

시우의 음성에서 살기가 줄기줄기 흘렀다.

리나의 말은 오히려 시우의 마음을 굳히는데 도움을 준 모양이었다.

리나의 힘으로는 시우를 말릴 수가 없었다.

그 순간 시우는 지금까지 잊고 있던 반지의 존재를 깨달았다.

딱히 쓸 일도 없어서 세리카와 나눠끼었던 커플반지는 쌍으로 이루어진 반지의 착용자가 현재 어떤 상태인지 확인할 수 있는 특수 효과가 있었다.

이것을 사용하면 세리카의 생사도, 살아있다면 어떤 상태인지도 확인을 할 수가 있었다.

시우는 떨리는 손길로 커플반지를 만졌다.

세리카 Lv.98

생명력 (189/222)

마력 (6/6)

원력 (1/381)

상태이상- 악몽

'살아있어!'

시우는 순간 기쁨을 느꼈지만 다음 순간 지금까지 보다도 강렬한 조바심을 느꼈다.

세리카의 상태가 악몽이었다.

수아제트의 악몽 마법. 시우도 겪어 알지만 그것은 피시전자를 절망에 빠트리는 질 나쁜 마법이었다. 그것이 정말 까다로운 이유는 없는 사실로 절망에 빠트리지 않는다는 것이다.

앞으로 일어날 가능성이 있고 과거에 겪어본 절망을 기준으로 영혼을 타락시킨다.

세리카의 과거를 아는 시우는 그녀가 어떤 꿈을 꾸고 있을지 짐작이 갔다.

마을이 불타고, 부모가 죽고, 마법사에게 노예로 팔려가 전신을 해부당하는, 시우로선 상상도 할 수 없는 절망들.

세리카의 원력 수치가 눈에 들어왔다.

최대 원력이 381포인트.

최대 원력이 124인 잔 데길의 무려 3배를 넘어가는 원력량이었다. 만약 여기에 출력과 통제력만 따라주었다면 수아제트를 쓰러트리는 것도 무리는 아니었을 것이다.

그러나 시우는 그런 것보다 원력의 잔량이 더 신경 쓰였다.

차오르는 대로 원력이 떨어지고 있었다.

원력은 영혼에서 끌어오는 힘.

세리카가 악몽을 통해 겪는 영혼의 절망이 얼마나 큰 지 알 수 있는 대목이었다.

이런 곳에서 시간을 낭비하고 있을 여유는 없었다.

그녀가 살아있다는 것을 확인한 이상 지금 당장이라도 탑으로 찾아가 그녀를 구해내야만 했다.

시우의 걸음이 빨라졌다.

그러나 시우의 걸음은 오래가지 않았다.

시우에게 바람이 불어왔다.

"윽?!"

시우는 빗물이 비산하는 갑작스런 강풍에 팔을 들어 눈을 가렸다. 눈에 물이 튀어 앞을 볼 수가 없고 바람은 어찌나 강한지 걸음을 옮길 수가 없었다.

이내 시우의 몸이 뒤로 밀리기 시작했다. 시우는 원력을 끌어올리며 대항했지만 그런다고 바람을 이겨낼 수는 없었다.

철퍼덕!

시우의 몸이 붕 떠서 습지에 그대로 내동댕이쳐졌다.

시우가 급하게 상체를 일으키자 그 앞으로 한 여인이 나타났다.

연초록의 머리카락, 등 뒤에서 뻗어 나온 반투명한 날개, 나체에 가까운 그녀의 차림은 바람으로 이루어진 베일로 간신히 치부를 가린 모양새였다.

"정령?"

시우는 단숨에 그녀가 정령이라는 것을 알아볼 수 있었다. 그러나 지금까지 보았던 어느 정령과도 존재감이 남달랐다.

"우리를 여기까지 날라준 바람의 정령이냐."

리나의 대답에 시우는 자리에서 일어났다.

"그 자리를 비켜. 나는 세리카를 찾아가야 해."

그러나 초록빛의 신비로운 분위기의 여인은 그저 고개를 작게 흔들었다.

"그럴 수는 없어요."

시우는 여인의 말에 깜짝 놀랐다.

정령들이 사람의 말을 알아드는 사실은 이미 알고 있었지만 정령이 사람의 말을 하는 것은 처음 들어 보았기 때문이었다.

그러나 말을 알아듣는다면 말을 할 수 있다는 사실이 딱히 신기한 일은 아님을 시우는 납득했다.

상대는 바람의 정령. 공기를 떨어 소리를 만드는 것은 어려운 일이 아닐 것이다.

"그게 무슨 소리지? 나는 네 주인을 구하려는 거라고? 당장 그곳을 비켜."

그러나 여인은 한결같이 고개를 저었다.

"주인님께서 제게 하신 마지막 명령은 당신을 지키라는 것이었어요. 주인님의 영혼을 나눠받은 저도 이곳을 비키면 당신이 드래곤을 찾아가 죽게 되리란 것을 알아요. 주인님께 당신을 지키라 명을 받은 이상 그렇게 둘 수는 없

어요. 그래도 굳이 드래곤을 찾아가야겠다면 저를 쓰러트
리고 가셔야 할 겁니다."

그렇게 말을 마친 바람의 정령의 양손에 두 자루의 초록
색 부채가 나타났다. 추측하건데 그것이 그녀의 무기이리
라. 위압감 따위 전혀 없는 무기였지만 시우는 만만찮다는
생각을 숨길 수 없었다.

왼쪽 눈을 가려보았다.

바람의 정령 Lv.222

세리카가 영혼의 일부를 찢어 만든 최고위 정령. 연초록
색 머리카락과 곤충을 닮은 반투명한 날개를 가진 아름다
운 여인의 모습을 하고 있다. 원력으로 만들어진 인공 영
혼이 아니라 세리카의 영혼을 찢어 만들어졌으므로 뚜렷
한 자아와 스스로 원력을 회복하고 성장할 수 있는 능력을
가진 정령이다.

레벨이 222.

451레벨인 수아제트에 비하면 그의 반도 되지 않는 낮
은 레벨이었다. 그녀를 쓰러트리고 지나가는 것은 그렇게
어려운 일은 아닐 것 같았다.

시우는 원력을 끌어올려 전신의 잠재력을 폭발시켰다.

시우의 레벨은 155. 원력만 끌어올려도 222레벨 수준이

라면 단숨에 쓰러트리는 것이 가능했다.

그러나 그것은 오산이었다.

바람의 정령이 든 부채에 아우라가 일어났다.

정령은 원력을 부여해 만들어지는 인공 생명이지만 정령이 아우라를 일으키는 것은 시우도 처음 보았다.

그녀의 설명문에서 읽었던 영혼을 찢어 만든 정령이니 어쩌니 하는 소리가 떠올랐다.

아마 그녀는 기존의 정령들과는 다른 존재라는 생각이 들었다.

그러나 그런 생각들은 아무 쓸모가 없었다. 지금은 오로지 그녀를 돌파해 수아제트의 탑을 찾아가는 것만을 생각하기로 마음을 정리했다.

바닥을 박차고 앞으로 나아갔다.

그와 동시에 바람의 정령이 살며시 부채를 부쳤다.

그러자 아우라가 실린 초록빛 바람이 시우를 향해 불어왔다.

그것은 마치 거대한 벽처럼 시우의 앞길을 막아섰다.

시우는 몸이 뒤로 밀리려는 것을 발에 마력을 담아 인력을 작용시켜 땅에 붙어 있는 것으로 이겨내려 했다. 그러나 바람에 대한 저항은 무의미한 행동이었다.

시우의 마력은 빠르게 고갈되어 갔고, 전진은 할 수가 없었다. 반면에 바람의 정령은 여유로운 모습으로 부채를 살며시 부치고 있을 뿐이었다.

결국 바람에 이기지 못하고 시우의 몸이 습지에 패대기쳐졌다.

전신이 진흙으로 범벅이 되었다.

그러나 이런 곳에서 꾸물대고 있을 여유가 시우에겐 없었다. 세리카는 지금도 악몽을 꾸면서 시우를 기다리고 있었다.

"그곳에서 비키란 말이다!"

시우가 다시 바람의 정령에게 달려들고 튕겨 나왔다.

이번에는 리네를 뽑아들었다.

이런 식으로는 아무리 세월이 흘러도 무리였다.

바람의 정령을 해치는 수가 있더라도 이곳을 벗어나야만 했다.

"[비룡참!]"

시우의 검에서 아우라의 빛을 품은 비룡이 뿜어져 나왔다.

그러나 바람의 정령은 그것을 여유롭게 피해낼 뿐이었다.

"이만 단념하세요. 만약 정면으로 승부를 벌인다면 제가 당신을 쓰러트릴 수는 없겠죠. 하지만 당신을 이곳에 잡아두는 것이라면 평생이라도 가능해요. 단념하고 당분간은 이곳에서 지내세요."

바람의 정령은 나긋한 목소리로 시우를 회유했다.

그러나 시우는 리네를 꼬나들 뿐이었다.

"내 친구가 말했다. 삶은 단념하는 것이 아니라 각오하
는 것이라고. 나에게 더 이상 단념은 없다."

시우는 다시 바람의 정령에게로 달려들었다.

이번에는 다른 방법을 선택했다.

그녀를 쓰러트리고 이 자리를 벗어나기 위해 공격을 가
해도 바람의 정령은 그야말로 바람처럼 유연한 움직임으
로 공격을 피해낼 뿐이었다.

그렇다면 공격으로 진로를 뚫고 그것을 이용한다면?

리네에서 다시 한 번 아우라로 빛이 나는 비룡이 솟아났
다. 시우는 전신의 잠재력을 폭발시켜 그 뒤를 쫓아 비룡
의 위에 탔다.

바람의 정령이 비룡을 피하면 이대로 탈출하면 되는 것
이고 만약 그녀가 비룡에 맞선다면, 비룡의 공격과 시우의
공격을 모두 감당해야 할 것이다.

바람의 정령도 이번에는 급했는지 부채를 급하게 부쳤
다.

지금까지와는 비교도 할 수 없는 폭풍이 몰아쳤다.

지금까지 정령이 일으킨 바람은 아우라가 담겨 있어도
공격성은 띄지 않았다. 오로지 시우의 진행을 막아서기 위
해 몰아붙이는 바람이었던 것이다.

그러나 이번에는 달랐다.

바람에 담긴 원력이 날카롭게 벼려져 비룡의 표면에 씌운 아우라를 벗겨냈다.

시우도 거기에 대항해 리네를 마구 휘둘렀지만 스스로의 몸을 지키기도 벅차 앞으로 나아갈 수는 없었다.

다시 바람에 의해 내동댕이쳐졌다.

그러나 시우는 포기하지 않았다.

정령이 아우라를 쓸 수 있게 되는 것만으로 이렇게 강해진단 말인가?

시우는 분명 어딘가 약점이 있을 거라고 생각했다. 그렇지 않고는 납득할 수가 없는 상황이었다.

이번에는 정면 돌파가 아닌 우회를 도전해 보았다. 힘으로는 바람을 돌파할 수 없다는 것을 알았으니 속도로 바람의 정령을 피해 바람이 불지 않는 곳으로 빠져나가려는 생각이었다.

그러나 육체적 한계는 명확했다.

아우라로 몸을 강화해 달리는 시우의 속도는 놀라운 것이었지만 아우라를 실어 바람을 타고 날아다니는 정령의 속도는 그것을 상회하는 것이었다.

당연한 결과였다. 바람의 정령은 여인의 모습을 하고 있지만 실체가 없는 영체였다. 육체를 끌고 다니는 시우의 속도와는 비교를 할 수가 없었다.

시우는 그렇게 한참을 바람의 정령과 겨루며 몇 가지 사실을 깨달을 수 있었다.

바람의 정령은 가진 바 공격력은 뛰어나지 않았다. 시우의 앞을 가로막는 방어력이나 속도는 도저히 따라갈 수 없을 만큼 뛰어났지만 시우의 원력에 맞서 원력을 부딪쳐 상쇄는 시킬 수 있어도 정작 진심으로 싸우게 된다면 정령은 시우를 해칠 수 없을 것이다.

이제는 이곳이 이계라는 사실을 알지만 굳이 게임틱한 사고방식으로 이야기하자면 공격력을 포기하고 몸빵에 올인한 캐릭터라고 할 수 있었다.

그럴 수밖에 없는 이유는 세리카가 스스로의 영혼을 찢으며 바람의 정령을 만들 때 담은 염원이 그런 성질을 가지고 있었기 때문이었다.

체슈를 그 무엇으로부터도 지킬 수 있으며 빠르게 탑에서 도망갈 수 있는 정령.

그런 생각을 문득 떠올린 시우의 손속이 힘을 잃고 다시 진흙탕을 굴렀다.

시우는 스스로의 한계를 느꼈다.

바람을 상대로 싸운다는 것은 칼로 물을 베는 것보다 의미가 없었다. 실제로 바람을 칼로 베는 방식으로 앞으로 나가는 시도도 해보았지만 바람에 원력을 씌우자 그것도 여의치 않았다.

그래서 다음에는 리네에 원력을 씌워 원력의 바람을 베

었지만 시우는 100미터도 나아가지 못하고 바람에 튕겨
나와야 했다.

이건 소모전이었다.

누가 더 많은 원력을 가지고 있느냐 하는 소모전.

바람의 정령을 다시 타겟팅해 최대 원력량을 확인해 보
았다.

원력(185/222)

시우의 최대 원력량은 41.

그것을 모두 소모하고도 정령의 원력을 2할도 소모시키
지 못했다.

시우는 말을 잃었다.

이것을 소모전이라고 확정한다면 바람의 정령을 제치고
넘어서려면 최대 원력량을 앞으로 5배는 늘려야 가능성이
보일 것이다.

시우는 고개를 저었다.

하지만 꼭 소모전으로 볼 필요는 없었다.

이를테면 출력이나 통제력을 늘려서 바람의 정령이 가
지는 방어력을 넘어선 극강의 공격력으로 바람을 뿌리치
는 방법도 있었다.

시우는 리젠으로 천천히 회복되기 시작한 원력을 손바

닥으로 분출해 보았다.

그러나 마력과 원력은 달랐다.

마력은 지금까지 쌓아온 정신력으로 출력이든 통제력이든 얼마든지 증진이 가능했지만 원력은 정신력이 늘어난다고 출력이나 통제력도 같이 늘어나지는 않는 모양이었다.

정확히 형용하자면 원력을 다룬다는 행위는 스스로의 영혼을 지배하는 감각이었다. 원력을 각성하지 못하면 이해하지 못할 감각. 그렇기 때문에 막막했다. 도무지 어떻게 단련해야 원력의 출력과 통제력을 늘릴 수 있는지 알수가 없었다.

추측이라면 가능하다.

영혼을 단련하는 것.

원력은 영혼에서 끌어오는 힘이었고 그만큼 영혼이 강해지면 한 번에 낼 수 있는 힘, 출력과 그것을 손과 발처럼 다루는 힘, 통제력을 늘릴 수 있겠지.

문제는 영혼이 어떻게 단련되는가 하는 점이었다.

시우는 드래곤의 악몽 마법에 의해 영혼이 무너져 내리는 과정에서 자기방어기제가 발동해 원력을 각성했다.

세리카는 시우가 위험에 처하자 그를 지키겠다는 일념으로 원력량이 급증해 드래곤 수아제트에게 홀로 맞서기까지 했다.

첫 번째 방법으로는 스스로 위험에 빠지는 것을 생각해 볼 수 있었다. 영혼이 스스로 위험을 감지하고 그것을 이겨내기 위해 정신에 감응하는 상태를 만들어 내는 것이다.

그러나 이것은 쉽지 않은 일이었다.

육체적 위험은 이미 시우의 영혼에 아무런 감흥도 없었다. 숨만 붙어 있으면 언제든지 부활 가능한 생명력회복 포션이라는 존재를 알고 있으니 육체가 위험에 빠져도 영혼은 꿈쩍도 하지 않을 것이다.

생명력회복 포션을 아이템창에서 전부 버리고 스스로를 위험에 던져도 진정 죽기 직전의 상태로 만들 수 없다면 의미가 없기도 했다. 그러다가 정말 죽으면 그만한 개그도 없는 일이고 말이다.

그렇다면 결국은 정신적으로 피폐해져야 한다는 것인데 시우로서는 도무지 방법을 찾을 수 없었다.

어쩌면 그동안 정신력을 무식하게 쌓아온 것이 오히려 영혼을 자극하는 것에 반대되는 효과를 가지게 된 것일 지도 몰랐다.

시우는 지금까지 쌓아온 정신력 덕분에 세리카를 구하기 위해 조바심을 느끼면서도 냉정한 이성을 동시에 유지하고 있었으니까.

두 번째, 세리카의 경우를 생각하자면 스스로가 아닌 타인을, 소중한 사람이 위기에 빠지는 경우에 영혼이 자극을 받게 되는 방법이 있었다.

그러나 이미 세리카가 납치된 상태에서도 시우의 영혼은 움직이지 않았다.

그것은 세리카가 시우를 생각하는 것만큼 시우는 세리카를 염려해주지 못하기 때문일까?

아니면 세리카가 아직 죽지 않았고 그것이 의미하는 것은 수아제트에게 세리카를 죽일 생각이 없음을 시우가 깨달았기 때문일까?

정확한 이유는 알 수 없지만 위 두 가지 방법으로 시우의 영혼을 자극할 수는 없는 모양이었다.

출력과 통제력을 늘리는 면에 있어서는 도무지 방법이 떠오르지 않았다.

그렇다면 결국 방법은 최대 원력량을 늘리는 것이라는 말인데, 시우는 언젠가 세리카에게 배웠던 최대 원력량을 늘리는 방법에 대해서 떠올렸다.

첫째는 육체적 단련을 통해 원력이 스스로 솟구치도록 만드는 방법.

둘째는 정신적 단련을 통해 원력을 강제로 끌어 모으는 방법.

게임 캐릭터인 시우의 몸으로 육체적 단련이 과연 통할지는 미지수였지만 정신적 단련을 통해 원력을 늘린다는 이야기는 가능성이 보였다.

원력 리제너레이션과 기존의 리제너레이션이 합쳐져 만들어진 스킬, 퍼펙트 리제너레이션.

아마 리젠을 30분간 유지하면 마력 포인트가 증가했듯이 스킬을 사용하면 원력도 늘어나지 않을까?

가능성은 충분했다. 문제는 시간이었다.

과연 퍼펙트 리제너레이션을 얼마나 유지해야 원력 포인트가 모일까.

시우는 원력을 모두 소모한지 7분 정도가 지나 원력이 모두 회복되었다는 느끼면서 리젠을 계속 유지했다.

아예 바닥에 주저앉아 팔짱을 끼고 생각에 잠겼다.

눈을 감고 체내를 관조하며 어떠한 법칙으로 원력이 늘어나는지를 확인하려는 요량이었다.

그러나 시우는 그것을 시도하기도 전에 눈을 떠야만 했다.

기묘한 기척들이 정신을 집중한 시우의 감각으로 잡혀 들었다.

시우는 식은땀을 흘렸다.

시우는 지난 7분간 리젠을 계속 사용하고 있었다. 아무리 비가 온다지만 그 7분간 이 많은 기척을 하나도 감지할 수 없었다.

이때 시우의 뇌리를 스친 사람이 있었다.

베헬라의 성기사장 가레인.

그도 리젠을 사용 중인 시우의 감각을 속이고 배후까지 접근했었다.

설마 이 많은 기척들이 전부 가레인급의 실력자란 말인가?

시우는 고개를 저었다.

그건 말도 되지 않았다.

그러나 그 또한 시우의 상식선에서의 이야기였다. 만약 시우의 상식으로 가늠할 수 없는 집단이 있다면? 그야말로 가레인급의 고수가 모인 무력 집단 말이다.

시우는 불가능하다고 생각했지만 가능성은 열어두어야 했다.

시우는 조금은 질린 표정으로 자리에서 일어났다.

기척은 이미 시우를 중심으로 반경 300미터를 포위하고 있었다.

그 수는 시우의 감각에 잡히는 수만 해도 십 수 명.

그러나 확신은 할 수 없었다. 그 십 수 명의 기척도 온정신을 집중하고서야 간신히 포착한 것으로 어쩌면 아직도 시우의 감각에 들어오지 않은 기척이 있을 가능성이 있었다.

시우의 눈치가 이상하자 조금 떨어진 곳에서 그를 지켜보던 리나가 물었다.

"왜 그러냐?"

시우는 리나의 질문에 대답하지 않고 바람의 정령에게 말했다.

"어이, 너."

"저 말씀이신가요?"

바람의 정령이 스스로를 가리키자 시우가 고개를 끄덕였다.

"우리를 포위한 녀석들이 있다는 거 알고 있었어?"

리나가 포위라는 말에 놀라 주위를 둘러보았다. 그러나 그녀로선 그 기척들을 감지할 수 없었다.

바람의 정령은 고개를 끄덕였다.

그 모습에 시우는 인상을 찌푸렸다.

"네 임무는 나를 지키는 것이 아니었나?"

"걱정하지 마세요. 저들에게 당신을 해칠 의도는 없을 테니까요."

"어째서 그렇게 확신할 수 있지?"

"제가 왜 이 먼 곳까지 당신을 데려왔을까요? 주인님께서 생각하는 세계에서 가장 안전한 장소가 바로 이곳이었기 때문입니다."

시우는 바람의 정령이 말하는 먼 곳이라는 말에 초점을 맞췄다.

이곳에 떨어지면서 꺾인 나뭇가지를 보았다. 거기에는 나이테가 없었다.

게다가 이 폭우, 우거진 숲, 끝없이 펼쳐진 습지.

모든 조각을 합쳐서 나오는 대답은 이곳이 열대우림이라는 사실.

헤카테리아 대륙은 남부, 중부, 북부로 나뉘는 거대한 땅이었다. 그리고 적도를 가로지르는 이 거대한 땅의 중부는 열대, 아열대 지방으로 이루어져 있었다.

헤카테리아 대륙 최남단에 있었던 수아제트의 탑과는 적어도 2,000킬로미터 이상 떨어진 장소.

그리고 세리카가 생각하는 가장 안전한 장소라면 저들의 정체도 예상이 가능했다.

"설마 여기가 알테인의 숲이야?"

시우의 말에 시우와 리나를 포위하고 있던 이들의 기척이 커졌다.

소리를 죽인다고 죽였는데 그것을 엿듣고 더 이상 숨어 있을 필요는 없다고 판단한 모양이었다.

시우는 이내 모습을 드러낸 이들을 확인할 수 있었다.

등허리에는 작은 날개가 달려있고 그들의 주위로는 정령들이 노니고 있었다.

별다른 무기는 들고 있지 않았지만 알테인들에겐 정령의 존재 자체가 무기인 셈이니 완전무장을 하고 나타났다고 판단을 해야 옳았다.

알테인의 눈빛은 적의로 가득했지만 적어도 그들이 가

레인급의 고수들은 아니었다는 사실에 시우는 안도의 한숨을 내쉴 수 있었다.

알테인은 조화를 숭상하는 종족으로 자연과 어울려 기척을 숨기는데 능했다. 그 때문에 시우가 가레인을 떠올리고 착각을 하고 말았던 것이다.

"네 생각과는 다르게 저들은 싸울 생각으로 가득한 모양인데?"

시우의 말에 바람의 정령은 별다른 대꾸를 하지 않았다.

단지 가만히 손을 들어 올리더니 가볍게 손짓을 했을 뿐이었다.

그러자 알테인들의 주위로 떠다니던 바람의 정령들이 그녀를 향해 몰려와 꺄르르 웃었다.

그녀의 능력에 알테인들이 놀라 소리쳤다.

"바람의 신령!"

금방이라도 덤벼들 것 같던 그들에게서 적의가 깨끗하게 사라졌다.

그 대신이라도 되듯 나무 위에서 푸른빛이 감도는 머리칼을 가진 알테인의 여인이 뛰어내려 시우 일행에게 다가왔다.

"신령께서는 무슨 일로 알테인의 숲을 방문하셨습니까?"

시우는 그녀의 공손한 태도에 새삼스런 표정으로 바람의 정령을 보았다.

평범한 정령과는 다르다는 사실을 알고 있었지만 그녀
는 알테인에게도 특별한 존재인 것 같았다.

생각해보면 당연한 일이었다. 알테인의 원력으로 만들
어진 정령들은 영혼으로 이어진 운명공동체였다. 그런 정
령들이 손짓 한 번에 마땅한 저항도 해보지 못하고 따르는
존재이니 알테인에게는 신과 같은 존재일 것이다.

그를 증명하듯 알테인들은 그녀를 신령이라고 불렀다.

시우는 돌아가는 상황이 불리하게 느껴졌다.

신령은 엄연히 시우를 지키는 보호자였지만 또한 시우
의 탈출을 방해하는 장해물이었다. 만약 시우의 추측이 맞
는다면 신령에게는 알테인들에게 명령을 내릴 권한이 있
을 지도 몰랐다.

이를테면 시우가 알테인의 숲에서 빠져나가지 못하도록
지켜라— 같은 명령 말이다.

"당신은 누구죠?"

신령의 질문에 푸른빛 머리칼의 알테인이 고개 숙여 대
답했다.

"숲지기장 사라스의 여식, 소라라고 합니다."

"그래요, 소라. 저희의 목적을 물으셨죠?"

신령의 말에 소라도 그리고 시우고 귀를 기울였다.

"저와 여기 두 분은 당분간 이곳에 머물기로 했어요. 괜찮
다면 이들을 손님으로 받아 환대해 주셨으면 좋겠습니다."

신령의 말에 소라의 얼굴이 난감한 빛을 띠었다.

그것도 그럴 수밖에, 다른 곳도 아닌 알테인의 숲에서 이방인 손님을 받다니?

아무리 신령의 부탁이라지만 숲의 경비를 담당하고 있는 숲지기의 권한으로는 결단할 수 없는 큰일이었다.

이미 헤카테리아 대륙 곳곳의 숲에서 알테인들이 인간들의 습격을 받아 도망쳐온 사례가 몇 번이고 보고되고 있었다. 이 인간 손님이 이곳을 떠난 뒤 숲의 위치를 알릴 위험성이 있는 이상 숲지기로서는 결코 받아들일 수 없는 부탁이었다.

만약 이들을 손님으로 받는다고 한다면 이들이 떠나간 뒤에는 이 숲의 알테인들이 모두 이주를 가야할 것이다.

그만큼 알테인을 노리는 인간들의 욕심은 컸다.

알테인은 정령을 부리고, 정령이 가지는 가장 큰 장점은 자연과의 의사소통이었다.

특히 인간들이 노리는 가장 큰 이득이 바로 땅의 정령을 통해 광물의 매장지를 파악하는 능력이었다.

철과 금은, 보석이 매장된 장소를 알 수 있다는 것!

그것은 엄청난 가치를 가지고 있었으니까.

소라는 고민했지만 결국은 한숨을 푹 내쉬었다.

신령의 부탁이었다. 결국 거절은 할 수 없었다.

무엇보다 저들은 이미 이 숲의 위치를 알아버렸다. 여기서 내쫓는다고 해서 문제의 해결은 되지 않았다.

숲의 위치를 알게 된 이상 결국은 두 가지 길밖에 없었다.

알테인과 친구가 되거나, 아니면 적이 되어 숨을 거두거나.

"마을까지 안내하겠습니다. 제 뒤를 따라와 주십시오. 너희는 숲을 계속해서 경계하라."

소라의 지시에 알테인들이 소리도 없이 흩어졌다.

대단한 재주였다.

벌써 아무런 기척도 느껴지지 않았다.

시우도 저들의 기척을 느끼려면 오감을 차단하고 정신을 집중해야만 간신히 흔적을 찾을 수 있을 정도였다.

만약 저 기술을 배운다면 신령을 속여 마을을 빠져나갈 수 있을까?

시우는 돌아가는 상황이 마음에 들지 않았지만 일단 소라의 뒤를 따라 알테인의 마을로 향했다.

어차피 더 이상 신령과 다투는 것은 의미가 없음을 깨달은 상태였다.

특히 알테인들이 거느리고 온 바람의 정령들을 휘하로 둔 지금이라면 말할 것도 없었다.

지금은 순순히 따르는 척을 하면서 신령의 방심을 노리는 것이 상책이었다.

"그건 그렇고 새로운 신령께서 탄생한 줄은 미처 몰랐습니다. 혹시 괜찮다면 어디에서 찾아오신 신령이신지 여쭤보아도 될까요?"

소라의 조심스러운 질문에 신령은 고개를 끄덕였다.

"세리카. 그 분이 내 주인님이시다."

신령의 대답에 소라는 고개를 갸웃거렸다.

세리카?

들어본 적 없는 이름이다.

신령을 만들어낼 정도의 실력자라면 분명 마을을 대표하는 장로쯤의 신분은 될 것이다. 소라도 제법 여러 마을의 장로들을 알고 있었지만 그 중에 세리카라는 이름을 가진 장로는 존재하지 않았다.

"죄송합니다. 제 견문이 짧아 누구신지 모르겠습니다. 혹시 괜찮다면 어느 마을의 장로인지 여쭤도 되겠습니까?"

"죄송할 필요 없다. 세리카는 장로도 아니고, 심지어 알테인의 마을에서 살지도 않으니까."

소라는 놀랐는지 걸음이 잠시 느려졌다. 그러나 이내 정상으로 돌아왔다.

"그건 놀라운 이야기군요."

리나는 신령과 소라의 대화를 듣다가 끼어들었다.

"뭐냐. 우리들이 누군지는 궁금하지도 않냐?"

소라의 시선이 리나에게 돌아갔다. 그리고 시우에게도 닿았다.

"아직 당신들이 손님이 될지 정해진 것은 없으니까요."

말은 공손했지만 그 눈빛은 싸늘하기 이를 데가 없었다.

리나는 흥 하고 콧바람을 불며 불만을 나타냈지만 더 이상 아무 말도 하지 않았다.

습지가 계속해서 발을 붙잡았다.

이미 시우의 육체능력은 인간의 한계를 아득하게 초월한 상태였지만 진흙에 발이 빠지는 감촉은 결코 좋은 것이 아니었다.

부상마법을 사용해 습지에서 약간 떠오른 상태로 소라의 뒤를 쫓았다.

리나가 그것을 보고 '치사하냐!' 하고 중얼거렸지만 시우는 신경 쓰지 않았다.

리나는 나무를 타고 올라가 가지에서 가지로 뛰어다니기 시작했다.

그녀도 진흙에 발이 빠지는 것이 불쾌했던 모양이었다.

소라는 어떨까하고 보니 발이 진흙에 빠지지 않았다. 더욱 자세히 보니 흙의 정령으로 발이 디디는 진흙을 단단하게 만들면서 다니는 모양이었다.

이렇게 보니 정령술도 참 편리한 능력이었다.

한 번 명령을 해두면 그 뒤로는 신경을 쓰지 않아도 명령에 철저히 따르니 말이다.

시우는 잠시 흥미가 동했다.

세리카에게 들은 바로는 인간이 정령을 만드는 것은 무리더라도 주인 없는 정령과의 계약으로 정령술을 익힐 수는 있다고 들었으니까.

그러나 시우는 고개를 저었다.

참 탐나는 능력이 많은 유사인종이었지만 그 모든 기술을 탐내어 배우고자 한다면 세리카의 구출이 늦어질 수 있었다.

정령술이 배우고 싶다면 세리카를 구해낸 후라도 늦지 않았다.

이런저런 생각 속에서 수풀을 헤치고 걸음을 옮기자니 잠시 후 비가 그쳤다.

그리고 드디어 나타난 알테인의 마을에 시우는 말을 잃었다.

드높은, 적어도 50미터가 넘어가는 높은 나무들이 수많이 솟아 있고 나무에는 구멍이 뚫려있어 그곳에 트리하우스를 짓고 사는 모양이었다.

나무와 나무는 넝쿨로 만들어진 징검다리로 연결되어 있고 나무들은 구멍이 숭숭 뚫려 있음에도 살아있는지 하늘을 뒤덮은 푸름이 풋풋했다.

비가 그친 탓인지 나뭇잎 사이로 쏟아지는 햇빛이 아름

다왔다.

　시우는 알테인들이 지내는 집을 더욱 자세히 살펴보았다. 알테인들은 나무에 난 구멍을 꾸며 집을 짓고 살지만 그 구멍은 도구를 이용해 자르거나 파낸 것이 아닌 듯했다.

　시우가 신기해하자 소라가 대답했다.

　"알테인은 조화를 숭상합니다. 아무리 필요하다고 해도 나무에 상처를 주는 행동은 하지 않습니다. 단지 나무의 정령에게 함께 지낼 장소를 부탁해 처소를 마련할 뿐이지요."

　소라의 대답이 끝나자 잠시 후 알테인들 사이에서 소란이 일어났다.

　드디어 마을에 불청객이 찾아왔다는 것을 인지한 모양이었다.

　"이쪽입니다."

　그러나 소라는 이러한 사태를 미리 예측했는지 행동을 서두를 뿐이었다.

　소라의 날개가 커지더니 가장 높은 나무의 정상을 향해 날기 시작했다. 시우는 마법을 이용해 리나의 몸을 띄우며 그녀의 뒤를 쫓아 날았다.

　그곳에는 제법 큰 문이 달린 트리하우스가 있었다.

　소라는 노크 따위는 하지도 않고 마치 자신의 집인 것처럼 문을 열고 들어갔다. 시우도 리나를 데리고 그곳으로 들어가 착지를 하고 보니 늙은 알테인이 거실에서 책을 읽고 있었다.

외눈안경을 쓰고 있다가 인기척에 고개를 든 늙은 알테인은 소라를 보고 반가운 표정을 짓다가 시우와 리나, 그리고 신령을 발견하고는 놀라는 표정을 지어보였다.

"소라. 이분들은 누구시지?"

"신령님과 그 동행 분들입니다. 숲의 경계에서 발견했습니다. 신령님이 저들과 함께 이곳에서 지낼 것을 청하여 장로님의 의견을 묻고자 하여 데려왔습니다."

장로는 잠시 생각에 잠긴 듯 말이 없다가 고개를 끄덕였다.

"잘했다."

장로는 시우와 리나를 훑어보더니 슬쩍 웃으며 말했다.

"그렇게 서있지 말고 이리 와 앉으시지요."

장로가 말을 마치자 그 순간 바닥에서 의자 모양의 나무가 솟아났다. 시우가 그것을 신기하게 여기면서 먼저 가서 앉자 리나도 그 뒤를 따랐다.

"무슨 사정이 있는지 여쭤도 되겠습니까?"

장로는 시우를 보면서 물었다.

시우로선 당황스러운 일이었지만 태연하게 신령을 돌아보았다.

그러자 신령이 주변을 떠돌던 바람의 정령 하나를 장로

에게 보냈다.

바람의 정령을 받아든 장로의 초점이 잠시 사라졌다가 빛을 되찾았다.

그것만으로 대화는 충분했는지 장로의 표정이 바뀌었다.

"허어, 세리카라고 하면……."

장로는 한참 동안 말이 없다가 소라에게 손짓을 했다.

가만히 서있던 그녀가 장로에게 다가가자 장로는 그녀에게 귓속말을 속삭였고 바깥으로 나간 그녀는 잠시 후 소녀 알테인을 대동하고 나타났다.

시우는 고개를 갸웃거렸다.

소녀는 소라의 등 뒤로 숨어 벌벌 떨고 있었다.

이방인인 시우와 리나를 두려워하는 모양이었다.

시우가 해명을 바라듯 장로를 돌아보자 그가 입을 열었다.

"저 소녀의 이름은 에리카라고 합니다. 세리카의 동생입니다."

장로의 말에 시우가 자리에서 벌떡 일어났다.

"동생?"

세리카에게 동생이 있었단 말인가?

시우는 세리카에게 그런 이야기를 들어보지 못했다. 만약 세리카가 이 사실을 알고 있었다면 시우에게 숨길 이유는 없었을 것이다. 아마 세리카 본인도 동생의 존재는 몰랐던 거겠지.

그런 시우의 반응에 장로가 설명을 시작했다.

11년 전, 숲지기장이었던 세리카의 아버지는 인간들의 침입에 대항해 싸우러 갔다가 돌아오지 않았지만 세리카의 어머니는 살아서 도망을 치는데 성공할 수 있었다고 한다.

그런 그녀의 뱃속에는 이미 에리카가 잉태되어 있었고 이곳까지 도망쳐온 세리카의 어머니는 혼자 살아남았다는 죄책감에 시름시름 앓다가 에리카를 낳으며 죽고 말았다는 이야기였다.

정령을 통해 부모님이 돌아가셨다는 것은 알고 있었지만 설마하니 동생이 태어났다는 것은 알 수 없어 세리카도 미처 알지 못했던 사실이었다.

시우는 얼굴을 찌푸렸다.

그것을 본 에리카가 소라의 등 뒤로 얼굴을 묻었다.

만약 시우가 세리카를 이곳으로 돌려보내 주었다면 세리카는 동생과 만날 수 있었을지도 모르는 일이었다.

시우가 에리카에게 시선을 빼앗긴 사이 장로와 신령 사이에 모종의 시선이 오갔다.

"어찌되었든 저는 여러분들의 방문을 환영합니다. 부디 편히 지내시길 바랍니다."

장로가 말을 마치자 소라는 시우와 리나를 이끌고 바깥

으로 나왔다. 시우의 시선은 에리카에게서 떨어질 줄을 몰랐지만 에리카는 영문도 모르고 두려움에 몸을 떨 뿐이었다.

이내 소라가 시우를 안내한 곳은 하나의 트리하우스였다.

안은 텅 비어있고 문짝만 간신히 달아놓은 것이 아무도 쓰지 않던 공간처럼 보였다.

"장로의 허락이 떨어졌으니 이제 당신들은 알테인의 손님입니다. 이곳은 이제부터 당신들의 집입니다. 자유롭게 지내십시오."

소라는 할 말만 마치고 에리카를 데리고 떠나갔다.

시우와 리나만을 남겨두고.

"뭐냐! 둘이서 한 집에 같이 살라는 거냐!"

리나가 불만을 토로했지만 시우는 신경 쓰지 않았다.

떠나가는 소라와 에리카의 뒷모습을 바라보다가 그들의 모습이 더 이상 보이지 않자 시우는 집으로 들어가 대충 자리를 잡고 앉았다.

세리카의 동생이라는 에리카의 존재에 마음이 흔들렸지만 하루라도 빨리 이곳을 벗어나야 한다는 생각은 바뀌지 않았다.

시우는 앉은 자리에서 눈을 감고 리젠을 사용했다.

알테인들의 방해를 받아 원력을 모으는데 얼마나 걸리는지 확인을 할 수 없었다.

신령을 제치고 이곳을 벗어나려면 하루라도 빨리 원력을 모아야 했다.

Respawn

NEO FUSION FANTASY STORY & ADVENTURE

22장.
영혼을 단련하는 법

리스폰

시우와 리나를 처소로 안내한 소라는 장로에게 돌아가 새로운 명령을 받았다.

"어째서 제가 그 이방인의 감시를?"

소라는 불만 가득한 눈빛으로 장로를 노려보았다.

소라는 숲지기였다.

숲지기면 숲을 지켜야지 어째서 이방인 따위의 곁을 지켜야 하는지 소라는 이해할 수 없었다.

필요하다면 다른 알테인을 붙이면 될 일이다. 하필이면 왜 소라란 말인가?

"듣자하니 손님께서 숲지기들의 기척을 읽을 수 있다더구나. 이 감시 임무는 손님 몰래 이행해야할 명령이니 자연과의 동화에 가장 뛰어난 너에게 부탁을 하는 것이다."

"하지만!"

소라가 반대의 목소리를 높이려 하자 그림자에 숨어있던 신령이 모습을 드러냈다.

"저도 부탁드립니다."

그러자 소라의 기가 조금 죽었다.

알테인들은 천성적으로, 그리고 후천적으로도 신령이라는 존재에 약할 수밖에 없었다.

"하지만 이해할 수 없어요. 저들은 이곳이 안전할 거라고 생각해서 도망쳐온 거잖아요? 어째서 저들이 도망갈 걱정을 하는 거죠?"

소라의 의문은 매우 당연한 것이었다.

신령은 잠시 고개를 젓다가 그녀의 주위를 노니는 바람의 정령에 영혼의 기억을 담았다.

원력을 통해 인조 영혼을 만들 줄 아는 알테인들은 정령과의 영혼의 소통에 매우 뛰어나다. 소라는 바람의 정령을 통해 신령이 전달한 기억을 읽어낼 수 있었다.

탑에 대한 도전, 드래곤의 함정, 시우를 지키기 위한 세리카의 마음, 세리카를 되찾기 위한 시우의 발버둥.

소라는 조금은 놀란 표정으로 검은 머리의 청년을 떠올렸다.

신령의 기억을 전해 받은 덕분에 그의 이름도 뇌리를 스쳐갔다.

체슈.

한 명의 알테인을 위해서 드래곤을 죽이고자 각오한 인간.

소라는 이해할 수 없었다.

드래곤이 어떠한 존재인데 감히 혼자서 그에 도전해 죽이고자 한단 말인가? 동족이긴 하지만 드래곤에게 잡혔다면 구출해낼 가망은 없었다. 포기하는 것이 현실적인 이야기라고 생각했다.

그러나 소라는 체슈를 향한 알 수 없는 기분이 가슴을 가득 차오르는 것을 느낄 수 있었다.

소라의 그런 반응에 어째선지 신령의 표정이 싸늘하게 식었다.

"그것은 내가 전달한 주인님의 마음이다. 너의 감정이 아니니 견물생심을 가지지 않도록 주의하는 것이 좋을 것이다."

소라는 신령의 말에 화들짝 놀라 서둘러 고개를 숙였다.

"예."

그 바람에 가슴을 차오르던 감정이 입김을 훅 불어넣은 촛불처럼 사라지고 말았다.

그러나 두근거리는 박동은 가슴에 남아 소라의 기분을 뒤흔들고 있었다.

"그래서? 부탁을 들어주겠니?"

장로의 질문에 소라는 잠시 주저하다가 더욱 깊이 고개를 숙이며 대답했다.

"제게 맡겨주십시오."

소라는 그렇게 대답하고 장로의 집을 나섰다.

그런 소라의 뇌리에는 시우에 대한 의문이 떠오르고 있었다.

대체적인 기억은 신령으로부터 전해 받았지만 그것은 그야말로 전후사정에 대한 최소한의 기억일 뿐 체슈라는 남자에 대한 정보는 많지 않았기 때문이었다.

과연 어떤 남자가 있어 한 명의 여인을 위해 드래곤에게 맞설 수 있을까.

소라는 시우를 향한 흥미를 고개 저어 털어냈다.

소라는 그를 향한 호기심마저 세리카의 감정이 흘러들어왔기 때문이라고 생각했기 때문이었다.

떠나가는 소라를 보며 장로가 신령에게 물었다.

"정말 이걸로 괜찮겠습니까?"

"왜요? 드래곤에게 붙잡힌 내 주인님이 걱정인가요?"

신령이 조금은 차가운 반응을 보이자 장로는 질렸다는 표정을 지었다.

"신령님께서 세리카에게 받은 명령은 잘 알겠지만 그 명령대로라면 그 체슈라는 청년은 평생을 알테인의 숲에서 살아야 할 겁니다."

장로는 시우가 무슨 짓을 하더라도 신령의 제치고 마을에서 나갈 수는 없다고 생각하는 모양이었다.

그러나 신령은 고개를 저었다.

"아니에요. 제가 그를 이곳에 붙잡아 두는 이유는 그의 안전을 생각하기 때문이기도 하지만 가장 큰 이유는 따로 있어요. 드래곤을 죽이고 주인님을 되찾는 것. 그것을 위해서라면 제가 만든 바람의 장벽쯤은 가볍게 넘어줘야죠. 그렇지 않고는 드래곤에게 상처를 입히는 건 지난한 일일 테니까."

신령은 스르르 연기처럼 흩어지며 사라지기 시작했다.

"체슈라면 가능해요. 그가 바람의 장벽을 넘는 순간, 헤카테리아의 모든 드래곤들이 체슈의 존재를 두려워하게 될 거예요."

장로는 신령이 마지막으로 남긴 말을 한참이나 곱씹었다.

체슈, 이색적으로 생기긴 했다만 그가 도대체 누구기에 저리도 큰 기대를 건단 말인가?

장로는 도무지 알 수가 없었다.

✤

시우는 늦은 밤까지 리젠을 사용했다.

원력이 늘어나지 않았다.

리젠을 쓰기 시작한지 벌써 9시간도 더 흐른 듯했는데 원력은 늘어날 생각을 하지 않았다.

시우는 속으로 조금만 더, 조금만 더를 외치다가 거의 포기할 지경에 이르러서야 겨우 원력이 1포인트 늘어난 것을 확인할 수 있었다.

리젠을 쓰기 시작한 지 정확히 10시간이 흐른 뒤의 일이었다.

최대 원력량을 1포인트 늘리는데 10시간.

하루 수면을 3시간으로 줄이고 깨어있는 모든 시간을 리젠에 허비한다 하더라도 하루 2포인트의 원력밖에 모을 수가 없었다.

신령이 가진 최대 원력량은 무려 222.

이제야 42포인트의 원력을 모은 시우가 그녀의 최대 원력을 따라잡으려면 잠깐의 휴식도 없이 90일의 시간이 허비해야 한다는 의미였다.

3개월이라니!

시우에겐, 세리카에겐 그만한 시간이 남아있지 않았다.

드래곤이 세리카를 살려둔 이유는 시우도 짐작이 되었다.

시우는 발견할 수 없었지만 수아제트의 탑에는 세뇌된 포스칸이 있었다. 세실강으로 만들어진 적을 타겟팅하면

곧잘 나오는 소리가 그것이었으니 틀림없었다.

그런 수아제트의 수중에 알테인이 들어온다면?

정령은 드래곤도 만들어내지 못하는 불가사의한 존재이니 세리카를 세뇌해 정령을 찍어낼 생각을 하고 있을 것이 틀림없었다.

게다가 지금의 세리카라면 수아제트의 탑을 지킬 수호자로서도 충분히 역할을 하고도 남을 만큼의 무력을 가지고 있었다.

수아제트의 정신 마법이 얼마나 뛰어난지는 알 수 없으나 세리카의 영혼이 그의 마법에 굴복하는 것은 시간문제일 것이다.

시우는 그녀가 수아제트의 마법에 세뇌되기 전에 구해내고 싶었다.

원력을 모으겠다고 무려 3개월이나 주저앉아 있을 시간은 없었던 것이다.

시우는 감고 있던 눈을 슬며시 떠봤다.

어느새 새근새근 잠이 든 리나가 맞은편에 보였다.

시우는 그녀가 깨지 않도록 아이템창에서 실크 이불을 하나 꺼내 덮어준 뒤 집을 나왔다.

하늘은 구름에 가려 깊은 숲 속에는 빛 한 점 들어오지 않았다.

지금이라면 가능할까.

시우는 원력을 사용하지도, 마력으로 빛을 밝히지도 않은 상태에서 전력으로 숲을 가르고 달리기 시작했다.

어쩌면 신령이 방심하고 있을지도 모른다는 희망을 품고서.

그러나 정령은 잠을 자지 않는다.

그리고 정령이 한 번 받은 명령을 그치는 순간은 세 가지 경우뿐이었다.

주인의 명령을 달성했거나, 주인이 명령을 거두었거나, 혹은 정령 스스로가 가진 모든 영혼을 소모해 소멸하거나.

신령은 스스로 회복할 능력이 주어진 정령이므로 힘을 모두 소모해 사라질 걱정은 하지 않아도 되었다.

신령은 앞으로도 세리카가 내린 명령을 충실히 이행하겠지.

시우의 앞으로 신령이 나타났다.

그리고 부채를 부치자 예의 초록빛 아우라를 담은 돌풍이 시우의 앞길을 가로막았다.

신령의 바람에 대항하는 것은 의미가 없음을 알고 있는 시우는 뒤로 크게 도약하며 안정적인 자세로 착지했다.

"젠장!"

생각이 안일했다.

정령이란 족속들이 어떠한 존재인지는 시우도 이미 알

고 있었다. 그래도 자아가 강한 신령이라면 어쩌면 다른 정령들과는 다르게 방심이라는 것도 하지 않을까 기대했는데 그 기대가 산산이 깨져버리고 말았다.

시우가 다시 바람의 장벽을 향해 달려들었다.

매번 달려들 때마다 조금씩 방법을 바꾸며, 조금이라도 효과가 있는 방법은 몇 번이고 다시 도전하면서, 결코 뚫리지 않는 바람의 장벽에 작은 구멍이라도 내기 위해 전력을 다했다.

"이런 행동은 아무런 소용이 없어요. 체슈 씨, 당신이 진정 일분일초라도 더 빨리 이곳에서 벗어나길 원한다면 스스로 가진 힘을 키우는 수밖에 없습니다. 제가 소유한 원력량을 넘어서거나, 제가 만든 바람의 장벽을 일시에 찢어버릴 압도적인 출력과 통제력을 손에 넣으시거나."

시우는 신령의 말에 검을 멈췄다.

신령의 말은 틀리지 않았다.

시우도 그건 알고 있었다.

단지 그것이 말처럼 쉽지는 않다는 점.

시우는 리네에 원력을 불어넣었다.

안타깝게도 드래곤 하트는 부수지 못했지만 수아제트의 눈알을 빼앗는데 성공한 아우라의 채찍이었다.

통제력이 부족해 그것을 날카롭게 벼려내는 것은 힘들었다. 그냥 있는 대로 출력을 모두 쏟아 넣어 지금의 시우가 발휘할 수 있는 최대의 물리력을 행사할 뿐이었다.

시우의 채찍이 신령의 장벽을 짓쳐나갔다. 바람이 찢겨 나가고 조금은 가능성이 보이는 듯했다.

그것을 먼 곳에서 지켜보던 소라는 눈살을 찌푸렸다.

소라가 보기에 시우의 방법은 너무 한심했다.

드래곤에게 단신으로 덤벼들고 몇 번이나 죽일 뻔했다 는 이야기에 얼마나 뛰어난 능력을 가지고 있나 싶었지만 시우의 능력은 평범한 알테인 이상도 이하도 아니었다.

알테인이라면 저 정도 능력은 누구나 가지고 있었다.

시우의 채찍이 바람을 찢어내며 장벽을 부술 것처럼 보 이지만 소라는 가망이 없다는 걸 알고 있었다.

원력의 낭비가 너무 심한 기술이었다.

가만히 지켜보자니 한심할 정도로.

고작 이 정도 실력으로 드래곤을 죽이겠다고 각오까지 했단 말인가?

소라는 그런 시우의 모습에 이상하게 가슴이 먹먹해지 는 경험을 해야만 했다.

바보 같고 한심하지만 그런 발버둥이 어쩐지 애처로웠다.

어째서?

'세리카의 감정이 흘러들어왔을 뿐이야.'

소라는 인상을 찌푸리며 스스로의 감정을 부정했다.

그러나 소라는 가만히 지켜보는 것도 할 수가 없었다.

소라는 시우의 앞으로 뛰어들어 시우의 채찍을 찢어버렸다.

정령도 필요가 없었다.

그녀는 이 마을에서 숲지기장의 여식으로 통하지만 그녀의 출력과 통제력은 이미 그의 아버지인 숲지기장을 뛰어넘은 상태였다.

마을을 지키는 경비대인 숲지기들, 그리고 그들을 대표하는 제일의 실력자 숲지기장.

나이가 어린 만큼 최대 원력량에서는 그의 아버지를 따라잡을 수 없었지만 반대로 말하면 최대 원력만 따라주면 이 마을에서 그녀를 따라올 실력자는 아무도 없다는 의미였다.

손에 원력을 씌워 시우가 만들어낸 아우라의 채찍을 손날로 내려친 것만으로 시우의 아우라가 잘려나갔다.

"너 같은 멍청이는 신령님이 상대하실 필요까지도 없어. 네 실력이 얼마나 무의미한지 내가 똑똑히 알려주지."

시우는 아우라의 채찍이 잘려나갔다는 사실에 충격을 받았다.

신령도 아니고 또래쯤으로 보이는 알테인의 공격에 시우의 전력을 담은 공격이 무산된 것이었다.

시우는 몇 번이고 리네에 원력을 불어넣으며 채찍을 휘둘렀지만 번번이 소라의 공격에 찢겨나갔다.

알테인들은 정령을 만드는 것이 가장 큰 특징인 유사인 종이었지만 엄연히 그것은 원력을 다루는 능력의 타의 추종을 불허하기 때문이었다.

그런 알테인들 중에서도 최고의 재능을 타고 태어난 소라의 원력은 강하고 날카로웠다.

시우는 포기 않고 리네에 원력을 불어넣으며 채찍을 휘둘렀지만 그럴 때마다 실감해야만 했다. 알테인 한 명도 쓰러트리지 못하는 지금의 실력으로 드래곤을 쓰러트린다는 것은 말도 안 되는 일이라고.

"이제 알겠어? 네 힘이 얼마나 보잘 것 없는지? 지금의 네가 드래곤에게 덤벼봐야 쓰러트리는 것은 고사하고 상처를 입히는 것도 어렵다고."

실제로 시우는 수아제트의 눈알을 뭉갰지만 그것은 전투가 낯선 수아제트의 실력이 서툴렀기 때문이었다. 한 번의 생사투를 마친 지금의 수아제트에게 더 이상 허점을 바라기는 어려울 것이다.

시우는 잠시 공격을 멈추고 자신의 앞길을 가로막는 여자들을 보았다.

불굴의 방패를 가진 신령, 그리고 그녀를 지키고 선 소라.

마치 방어막을 펼친 수아제트와 어쩌면 세뇌가 되어 그를 지키고 있을 세리카의 모습을 시뮬레이션 하는 것 같았다.

시우는 순간의 깨달음에 신령을 노려보았다.

설마 그녀는 이 상황을 의도한 것일까?

시우는 확신할 수 없었지만 어찌되었든 여기서 신령과 소라를 쓰러트리지 못하면 수아제트를 쓰러트린다는 것은 말이 되지 않았다.

실전은 더욱 힘들 것이다. 신령과 소라에게는 시우를 해칠 의도가 전혀 없었지만 수아제트나 세뇌된 세리카에게 자비를 바랄 수는 없을 테니까.

시우가 수아제트를 쓰러트리려면 먼저 신령이 만든 바람의 장벽을 넘어서는 것이 급선무임을 깨달았다.

지금까지는 세리카를 구해내야 한다는 집착이 눈앞을 가려 제정신을 차리지 못했다.

세리카의 생사가 불확실할 때는 죽어도 상관이 없다는 식의 생각을 했지만 이제는 결코 죽어줄 수 없는 이유가 생겨났다.

세리카를 구해내기 위해선 시우가 먼저 살아있어야 했으니까.

시우는 고개를 숙이고 리네를 칼집에 꽂았다.

그 모습을 신령과 소라가 의외라는 표정으로 바라보고 있었다.

단념해라. 쓸모없다. 그만해라.

말은 많았지만 시우가 정말로 그만둘 거라고는 생각지
못했기 때문이었다.

"소라 씨라고 했던가요?"

자신의 이름을 기억하고 있으리라고 생각하지 못했던
소라는 순간 움찔하고 몸을 떨었다.

"…그래."

"당신은 이 마을에서 얼마나 강하죠?"

슬며시 고개를 든 시우의 눈이 빛 한 점 없는 어둠 속에
서 빛나고 있었다.

❖

시우는 일단 스스로 자격을 갖추기까지 신령에게 도전
하는 것을 그만두기로 결정했다.

그 대신 시우는 소라에게 가르침을 청했다.

소라는 왜 상황이 이렇게 돌아가는지 알 수가 없었다.

모든 것은 자신이 멍청했기 때문이라고 소라는 후회했
다.

갑작스럽게 가르침을 구하는 시우의 요청에 왜 자신은
응하고 만 것일까.

엄연히 소라의 역할은 시우를 몰래 감시하고 마을 바깥
으로 나가는 것을 막는 것인데. 그러나 신령은 그런 소라

의 행동에 아무런 제지도 가하지 않았다.

오히려 슬쩍 눈치를 봤더니 고개를 끄덕이며 그렇게 하라는 허락까지 내려주었다.

소라는 이해할 수 없었지만 일단 한 번 허락한 일이니 두 말은 할 수가 없었다. 한 번 가르쳐주겠다고 말해놓고 이제 와서 그럴 수도 없다고 발을 뺄 수는 없으니까.

게다가 신령님의 허락까지 내려온 상황에야, 이제 와서 발을 빼면 신령님의 체면을 구기는 일이기도 했다. 후회가 가슴속을 뒤집어 놓았지만 어쩔 수가 없는 상황이었다.

"그래서 너는 원력의 출력과 통제력을 늘리는 방법에 대해서 알고 싶다는 거지?"

소라의 질문에 시우는 고개를 끄덕였다.

그리고 지금까지 추측해온 자신의 생각을 설명했다.

육체적 위험, 정신적 위험 상황에서 영혼을 자극해 최대 원력량과 함께 출력과 통제력을 늘리는 단순 무식한 방법들.

그것을 들은 소라는 질린다는 듯이 고개를 저었다.

"그야 인간들은 원력을 쓸 줄 모르니까 그런 난폭한 방법이 필요하다는 것은 이해해. 하지만 그것이 영혼을 단련할 수 있는 유일한 방법은 아니야. 오히려 영혼을 단련하기 위해선 정반대의 수단이 필요하다고."

"정반대?"

시우는 이해할 수 없다는 표정으로 고개를 갸웃거렸다.

"네 방법이 영혼을 자극해 놀래는 방법이라면 알테인들은 영혼을 달래고 안정시키는 방법이지."

시우는 잠시 생각에 잠겼다.

확실히 태어날 때부터 원력을 사용할 수 있는 유사인 종들의 입장에서 보면 영혼을 자극해서 원력이 가진 힘을 늘린다는 행위는 무식하고 외도적인 행위인지도 몰랐다.

"그럼 그 영혼을 달래고 안정시키는 방법은 어떻게 하는 건데?"

소라는 꽃밭에 앉으며 입을 열었다.

"숭고한 하나의 목적을 두고 영혼을 한 점에 집중하는 거야."

그러자 잠시 후 소라의 기척이 거짓말처럼 사라졌다.

분명 소라는 눈앞에 있는데 그녀의 존재가 느껴지지 않았다.

정확히는 그녀가 마치 한 송이 꽃이라도 된 듯한 감각이었다.

이것이 알테인들이 어려서부터 배워오는 자연과의 동조. 자연 속 영혼들과의 동화였다.

"우리 알테인은 조화를 숭상하는 만큼 하나의 뜻에 영

혼을 집중해왔어. 자연과 어울려 하나가 되는 것. 그것을 통해 영혼을 어르고 안정시켜 단련하지."

시우는 그녀를 보며 자리에 앉아 그녀의 흉내를 내보았지만 도무지 감을 잡을 수가 없었다. 무엇을 어떻게 하면 소라처럼 될 수 있단 말인가?

지금까지 천재적인 재능으로 여기까지 성장한 시우에게는 첫 번째 난문이라 말할 수 있었다. 이것은 재능만으로는 이룰 수가 없는 경지였다.

"식물은 좋아. 인간들은 식물에 영혼이 없다고 생각하는 모양이지만 식물이야말로 고고한 영혼을 가지고 있어. 나무, 풀, 꽃, 심지어 이끼에 마저도. 나무와 꽃은 오로지 태양만을 바라보며 위로, 더욱 위로 향하지."

소라가 눈을 떴다.

그러자 잠시 후 소라의 기척이 돌아오기 시작했다.

"하지만 아직 너는 이 경지까지는 어려울지 몰라. 이건 어려서부터 자연과 하나가 되기 위한 알테인들의 노력이 집약된 기술이니까."

"그럼 나는 어쩌면 좋다는 말이야?"

시우가 눈살을 찌푸리자 소라는 팔짱을 끼며 삐딱하게 섰다.

"말했지? 하나의 숭고한 목적을 두고 영혼을 한 점에 집중시키라고. 복수도 좋아, 분노도 좋아, 심지어 광기마저 괜찮아. 네 영혼을 고양시킬 수 있는 하나의 목적에 뜻을 담아. 중요한 것은 네 영혼이 그것을 다른 무엇보다 높이 평가하는 가장 중요한 목적이어야 한다는 거야. 이를테면⋯⋯."

소라는 잠시 머릿속에 떠오르는 하나의 목적을 떠올리고 얼굴을 붉히며 팔짱을 풀었다.

"뭔데."

시우가 묻자 소라는 고개를 돌리며 대답했다.

"⋯사랑 같은 거 말이야."

그래, 마치 세리카가 그랬던 것처럼.

그녀는 시우를 향한 사랑으로 영혼의 꽃을 피웠다.

"사랑?"

시우는 고개를 갸웃 거렸다.

안 그래도 어렵던 문제가 갑자기 더 어려워진 것 같은 기분이 들었다.

사랑이라니.

시우는 사랑을 해본 적이 없었다.

전생에는 물론이고 현생에서도 말이다.

세리카를 향한 이 마음이 사랑이라고 불릴 수 있을까?

시우는 고개를 저었다.

만약 수아제트에게 납치된 것이 세리카가 아니라 루리나 로이, 혹은 리나라 하더라도 시우는 그들을 구하기 위해 최선을 다했을 것이다.

딱히 그들을 사랑하기 때문이 아니라 시우에게는 간신히 찾아낸 영혼의 구원자들이었으니까. 시우의 고독을 물리쳐낸 소중한 사람들이었으니까.

어쩌면 그것을 사랑이라고 부를 수도 있겠지만 시우는 잘 알 수 없었다.

인간의 감정 중에는 말로 형용할 수 없는 것이 많고 이 기분 또한 그러한 감정 중에 하나였으니까.

"어쨌든 중요한 것은 일단 그 목적을 먼저 찾아야 한다는 거야. 그것을 먼저 찾아야 진정 너의 영혼이 그 뜻에 대답해 더 큰 힘을 빌려줄 테니까."

시우는 소라의 말에 고개를 끄덕이며 꽃밭에 앉은 채로 눈을 감았다.

리젠을 사용하면서 명상에 잠겨 소라가 말했던 영혼이 느끼는 숭고한 목적이라는 것을 찾기 위해 스스로를 관조하기 시작했다.

처음에 시우는 이 감정을 이타적인 것이 아닐까 생각했다. 그러나 시우는 그런 생각을 했다는 자체만으로도 우습다는 생각이 들었다.

세리카를 구하고 싶다는 마음은 이타적인 것이 아니었다. 오히려 극도로 이기적인 감정이었다.

시우가 세리카와 함께하길 바라니까 그녀를 구한다.

거기에 세리카가 시우의 행동을 어떻게 생각할지는 전혀 고려하지 않았다. 어쩌면 세리카는 시우를 위해서라도 시우가 자신을 구하러 오는 상황은 바라지 않을지도 몰랐다.

그러나 시우는 그런 세리카의 감정 따위는 아무래도 좋았다.

왜냐면 시우가 세리카와 함께하고 싶으니까. 그래서 드래곤을 쓰러트리고 세리카를 구하려는 것이었다.

그러니까 이 감정은 결코 이타적인 것이 아니었다. 이기의 극치를 달리는 감정일 뿐이었다.

시우는 언제나 그랬다. 남이 어떻게 생각하는지는 아무 상관이 없었다. 중요한 것은 언제나 자신이 어떻게 생각하는가.

다른 사람이 도움을 필요로 하면 도와준다.

왜?

구할 수 있음에도 못 본 체 넘어가면 자신의 탓인 것처럼 기분이 더럽거든.

반면에 사람들을 구해주고 그들에게 감사를 받으면 결코 나쁜 기분은 아니었다.

그러니까 시우는 지금까지도 남에게 호의를 베풀어 왔던 것이다.

그럼 시우의 영혼은 자기애를 최고의 가치로 여기는 것

일까?

시우는 그것도 아닌 것 같은 기분이 들었다.

만약 시우의 영혼이 자기애만을 추구했다면 전생에 있어 타인의 체온을 구하는 일은 없었을 테니까. 시우는 고독이 괴로웠고 누군가와 함께 한다는 것을 격렬하게 원했다.

가상현실 속에서, 아무도 없는 세계에서, 홀로 쓸쓸히 죽음을 맞이한 것을 기억하는 현생의 시우는 오히려 전생보다도 더 남과 함께하는 생활을 바라고 있었다. 만약 시우의 영혼이 최고로 여기는 가치가 자기애였다면 필요가 없었을 감정이었다.

그렇다면 뭘까?

시우의 영혼이 추구하는 숭고한 목적이라는 것은?

시우는 단순한 잡념으로 시작해 점점 의식의 깊은 곳으로 빠져들기 시작했다.

어느새 시우는 스스로를 잊고 무아지경에 올랐다.

그것을 지켜보던 소라가 작게 감탄을 흘렸다.

흘러가는 상황에 휩쓸려 시우를 가르치고는 있었지만 소라는 시우에게 아무런 기대가 없었다. 그것도 그럴 것이 영혼을 단련한다는 것이 그냥 말로만 이렇게 해라 지시를 한다고 할 수 있는 일은 아니었기 때문이었다.

그러나 시우는 소라의 지시만으로 이미 영혼을 단련할

준비가 되었다.

만약 여기서 시우가 스스로의 영혼이 추구하는 목적만 발견한다면 그의 영혼은 크게 한 단계 도약하게 될 것이 틀림없었다.

'물론 그것이 쉬울 리는 없겠지만.'

소라는 가만히 눈을 감고 집중하는 체슈의 모습을 멍하니 바라보았다.

소라의 시선이 신경 쓰일 법도 하지만 지금의 체슈는 스스로의 내부를 관조하는데 모든 정신을 쏟느라 바깥의 상황에 신경을 돌릴 겨를이 없었다.

소라는 그것을 기회삼아 시우의 얼굴을 이모저모 뜯어보며 뚫어져라 쳐다보았다.

키도 비교적 작고 체격도 호리호리하지만 그것은 아마 아직 나이가 어린 탓이겠지. 소라의 취향은 키가 크고 남자다운 체형이었지만 체슈도 앞으로 성장할 것을 생각해 보면 나쁜 편은 아니었다.

무엇보다 갸름한 턱선과 뚜렷한 이목구비가 마음에 들었다.

잘생겼다고 하기엔 너무도 이색적인 외모였지만 그 이색적인 특징이 오히려 시우의 매력을 끌어올리고 있었다.

소라는 저도 모르게 슬금슬금 기어 올라오는 생각들에

뺨을 붉게 물들이고 제정신을 차리라고 스스로를 다독였다.

그 순간 수풀에서 부스럭 거리는 소리가 들려왔다.

소라는 마치 하면 안 될 행동을 들킨 것처럼 화들짝 놀랐다.

"누, 누구야?"

"소라 언니."

상대는 에리카였다.

소라는 놀란 가슴을 쓸어내렸다.

"여긴 무슨 일이야? 그건 또 뭐고."

에리카는 나무 뒤에 숨어서 시우의 모습을 훔쳐보았다.

한참을 주저하던 에리카는 용기 내어 나무 뒤에서 나와 들고 온 바구니를 시우의 앞에 놓았다.

"장로님께 들었어요. 이분이 세리카 언니의 친구라고……."

"그래서 도시락을 싸온 거야?"

"…예."

에리카는 부끄러운 듯 손가락을 꼼지락거리면서 시우의 눈치를 보았다.

그러나 시우는 그런 에리카의 반응을 확인할 수 없었다.

애초에 시우는 온 정신을 명상에 쏟느라 에리카가 찾아왔다는 사실조차 깨닫지 못하고 있었다.

"미안하지만 체슈는 지금 훈련 중이라서 네가 온 줄도 모를 거야. 그러니 괜찮다면 훈련이 끝난 다음에 다시 찾아가렴."

소라는 에리카가 들고 온 바구니를 집어 들었다.

그러나 에리카가 고개를 살랑살랑 흔들었다.

세리카를 닮은 은빛 단발이 찰랑거렸다.

"체슈 오빠, 훈련이 끝나면 전해주세요. 이야기는 나중에 하면 되니까."

에리카는 그 말만을 남기고 총총걸음으로 뛰어 사라졌다.

소라는 그런 에리카의 뒷모습을 애처로운 눈빛으로 바라보았다.

아마도 체슈와 대화를 하며 세리카에 대한 이야기를 듣고 싶었던 것이겠지. 에리카는 지금까지 가족다운 가족도 없이 혼자서 살아왔으니까.

죽은 줄로만 알았던 언니, 세리카가 살아있다는 사실은 에리카에게 많은 의미가 있을 것이 틀림없었다.

소라는 어째선지 죄책감이 들었다.

체슈는 세리카를 구하기 위해 훈련을 하고 있는데 자신은 그 앞에 앉아서 쓸모없는 없는 생각만 하고 있다니.

소라는 크게 한숨을 내뱉고 시우의 앞에 앉아 자연과 동화해 들어갔다.

그냥 가만히 앉아있으니까 생각이 많아지는 거였다. 그냥 지켜만 볼 바에야 시우와 함께 수련을 하려는 속셈이었다.

소라도 점차로 무아지경에 빠져들었다.

그런 그녀가 정신을 차린 것은 깊은 한밤중이었다.

정신을 차리고 눈을 떴을 때 사위는 깊은 어둠이 내려깔리고 하늘에는 푸른 달 세일라가 생명의 빛을 뿌리고 있었다.

소라는 화들짝 놀랐다.

시우를 훈련시켜 주겠답시고 나왔다가 시우를 내버려두고 혼자 훈련에 매진한 셈이 되었으니 시우에게 미안한 생각이 들었던 것이다.

그러나 잠시 후 소라는 더 크게 놀랄 수밖에 없었다.

시우는 아직도 무아지경에 빠져있었다.

훈련은 이른 아침에 시작을 했으니 적어도 16시간은 저상태였다는 것을 알 수 있었다.

소라는 어려서부터 이것을 해와 익숙하다지만 이제 처음 훈련을 시작한 시우가 저토록 집중력을 보여준다는 것은 소라에겐 놀라운 일이었다.

만일 이대로 내버려두면 3일 밤낮은 계속 저러고 있을 듯 시우는 꼼짝도 않고 있었다.

그런 시우의 집중력을 방해한 것은 하나의 알림창이었다.

감은 눈 너머로 갑자기 하나의 창이 떠오르며 뇌리에 시스템 효과음이 가득 찼다.

띠링!

[육체 강화 스킬을 통해 체력 스탯이 1 증가합니다.]

그 탓에 시우의 의식에 찬 물을 끼얹은 듯 시우는 정신을 차려야만 했다.

'스탯이 올라갔다고? 육체 강화 스킬?'

시우는 육체 강화 스킬이 뭔지 생각에 잠겨 있다가 이내 원력을 각성할 때 얻었던 스킬 중 하나임을 깨달았다.

딱히 스킬 시스템의 도움을 받지 않아도 원력을 다루는 방법에 대해서는 자연스럽게 깨달았기 때문에 스킬창을 확인하지 않았다.

육체 강화 스킬이 뭔데 스탯이 상승한 건지 시우도 알 수 없었다.

시우는 스킬창을 열어 보았다.

육체 강화 Lv.1

숙련도 (27.1%)

설명- (패시브)원력이 자연스럽게 녹아든 육체는 한계 이상으로 강화된다. 스킬 레벨이 올라갈수록 상승폭이 높아진다.

'이건?'

시우로선 굉장히 반가운 스킬이었다.

시우는 이제 막 원력을 각성했지만 시우의 육체는 이미 인간들 중에서는 최고 수준이었다. 때문에 딱히 시우는 육체 강화를 원하지는 않았다.

시우가 원하는 것은 레벨을 올리는 것이었다.

전생의 게임과 현생에서의 레벨 시스템은 조금 차이점이 있었다.

게임에서는 레벨=강함의 척도였지만 현생에서는 레벨=육체 수준이라는 공식이었기 때문이다. 게임에서는 레벨을 올리지 못하면 내력, 즉 마력을 올리지 못하는 시스템이었지만 이곳에선 레벨과 상관없이 마력, 성력, 원력을 얼마든지 올릴 수 있었다.

즉 현생에서 강함의 척도라는 것은 레벨+내력+그것을 다루는 출력과 통제력이 복합적으로 연계가 되어서야 겨우 판단을 내릴 수 있는 것이었고 압도적인 레벨의 차이가 있는 것이 아닌 이상에야 레벨에는 아무런 의미가 없었다.

하지만 그것은 시우를 제외한 나머지에게 적용되는 이야기였다.

시우에게 레벨은 매우 중요한 수치였다.

시우가 왜 드래곤의 탑을 오르면서까지 레벨을 올리려

했는가.

레벨을 올려야 지금도 시우의 아이템창, 25개의 슬롯, 9개의 슬롯 페이지, 총 225개의 슬롯 속에 잠들어있는 아이템을 착용할 수 있었고 지금도 스킬창에서 레벨 제한에 걸려 잠겨있는 수 없는 수많은 기상천외한 스킬들을 사용할 수 있으니까.

현생에서 레벨=육체 수준이라는 공식이 통하니 이제는 굳이 레벨을 올리기 위해 경험치를 쌓을 필요는 없는 것이다.

이제부터는 육체 강화 스킬을 통해 스텟을 올리고, 스텟을 올리면 레벨도 알아서 올라가게 될 테니까.

시우는 무아지경을 방해받아 짜증이 났던 것을 잊을 정도로 반가운 소식에 미소 지었다. 하지만 다음 훈련에서도 알림창으로 방해를 받을 수는 없었으니 육체 강화 스킬의 알림창 설정을 off로 해놓았다.

시우가 눈을 뜨며 피식 웃음을 터트리자 그 앞에서 시우를 기다리던 소라가 고개를 갸웃거렸다.

설마하니 벌써 명상의 효과가 나올리는 없는데 시우가 웃음을 터트리니 의아했던 것이다.

"뭔가 좋은 일이라도 있어?"

"글쎄? 그것보다 이 바구니는 뭐야? 네가 챙겨온 거야?"

소라는 고개를 저었다.

"에리카야. 네가 세리카의 친구라는 사실을 알고 아마 대화를 나누고 싶었던 거겠지."

시우는 마침 출출해진 것을 느끼고 바구니를 살폈다.

바나나, 망고, 파인애플…….

전생에서 이미 먹어 보았지만 현생에서 보지 못했던 반가운 과일도 있었고 시우가 알지 못하는 생소한 과일도 많았다.

시우는 아이템창에서 과일을 썰기 좋은 단도를 꺼냈다.

과일을 썰어 소라와 나눠먹는 중 시우는 잠시 생각에 잠겼다.

"혹시 알테인들은 채식주의자야?"

"아니. 단지 정령들의 도움을 받으면 과일을 채취하기 편할 뿐이야. 헤카테리아 남부나 북부와는 달리 이곳 중부는 사시사철 과일을 채취할 수 있는 곳이기도 하고. 물론 고기가 필요하면 사냥을 하기도 해. 자연과의 조화란 꼭 보호만을 의미하는 것은 아니니까."

시우는 다행이라는 표정으로 고개를 끄덕였다.

"그건 왜?"

"그냥. 세리카도 내 요리를 좋아했었지 하는 생각이 들어서."

시우의 말에 소라의 표정이 잠시 뚱해졌다.

왜 하필 여기서 세리카의 이야기가 나오는 것인지…….

"…네가 요리도 해?"

소라는 과거를 회상하는 듯 보이는 시우에게 물었다.

시우는 퍼뜩 정신을 차리고 소라에게 웃음을 던졌다.

"뭐 흥미가 있다면 언젠가 실력을 뽐내주지."

소라는 그런 시우의 모습에 뚱한 표정으로 얼굴을 붉히며 고개를 돌렸다.

다음 날 아침, 시우는 평소보다 일찍 일어나 요리를 하느라 바빴다.

소라에게 줄 음식은 아니었고 어젯밤 에리카에게 과일을 선물 받은 보답으로 만드는 음식이었다.

알테인도 고기를 먹는다는 식습관을 알았으니 거칠 것은 없었다. 시우는 지금까지 쌓아온 요리 실력의 모든 것을 발휘해서 최고로 맛있고 화려한 진수성찬을 차렸다.

아이템창에 그것을 모두 챙긴 시우는 소라에게 미리 물어보았던 에리카의 집을 찾아가 노크했다.

마중 나온 에리카는 화들짝 놀란 눈치였다.

"들어가도 될까?"

에리카는 입만 뻐끔거리며 허둥지둥 어찌할 바를 모르는 것 같았다.

그러나 시우는 그녀가 침착할 수 있게 기다렸고 에리카

는 얼굴을 잔뜩 붉게 물들이고 고개를 작게 끄덕였다.

에리카의 집은 작았다. 아담한, 집마저도 에리카에 어울리게 귀엽다는 느낌이 들었다.

아기자기한 가구들과 알테인 나름의 인테리어가 과연 에리카의 집이구나 하는 느낌에 시우는 알 수 없는 흐뭇함을 느낄 수 있었다.

집안을 구경하는 시우의 모습에 다시 에리카가 허둥거렸다.

이미 집안에 들여놓았으니 둘러보지 말라고는 말도 못 하고 부끄러워서 어찌할 바를 모르는 모습이었다.

시우는 이내 이상한 점을 알아채고 고개를 갸웃거렸다.

"여기서 혼자 살아?"

에리카가 고개를 끄덕였다.

시우는 괜히 가슴이 아팠다.

에리카의 나이는 이제 11살이었다. 그런 어린 소녀가 이런 집에 혼자서 산다니, 같지는 않겠지만 전생의 시우가 떠올랐다.

"그것보다 여기는 무슨 일로……."

에리카는 굉장히 어렵게 말문을 열었다.

굉장히 작고 부끄러움으로 떨리는 목소리였다.

시우는 일단 기분을 한 번 환기시키려는 의도로 조금은 과장된 목소리를 내었다.

"아! 어제 준 과일 고마웠어. 그래서 오늘은 내가 대접을 한 번 해주려고 찾아왔지."

시우는 식탁에 가서 아이템창 속에 챙겨둔 요리를 하나둘 꺼냈다.

이내 식탁 위에는 갖은 요리들이 가득 찼지만 시우는 아이템창에 있던 식탁을 꺼내 계속해서 요리를 꺼냈다.

에리카는 입을 가리고 놀란 표정으로 지켜보았다.

시우는 그런 에리카에게 가까이 오라고 손짓하며 자리를 잡고 앉았고 에리카는 잠시 머뭇거리다가 시우의 맞은편에 앉았다.

"세리카의 이야기가 듣고 싶은 거지?"

에리카는 다시 놀란 표정을 듣다가 고개를 푹 숙였다.

그리고 다시 작게, 애처롭게 고개를 끄덕였다.

"내가 세리카에게 들은 이야기로 괜찮다면 그동안 있었던 이야기를 해줄게."

에리카가 푹 숙였던 고개를 들고 기대에 찬 초롱초롱한 눈빛으로 시우를 바라보았다.

시우는 말문을 열었다.

현실의 참혹한 진실을 동화와 같은 포장으로 꾸민 채 그간 세리카에게 있었던 일들이 흘러나왔다.

이내 시우의 입에서 세리카가 요리를 한답시고 베이컨과 수프의 요정을 만들었다는 이야기가 나오자 에리카는 웃음을 터트릴 수 있었다.

그녀의 웃음에 시우는 가슴을 벅차오르는 묘한 감정에 스스로 깜짝 놀랐다.

그래, 시우가 원한 것은 바로 이런 것이었다.

다른 거창한 것을 원하는 것이 아니었다.

그냥 누군가와 어울려 사는 것.

단지 그것뿐이었다.

✢

시우의 일상은 평화로웠다.

간혹 반지를 통해 세리카의 상태를 확인하며 참을 수 없는 조바심이 들고는 했지만 시우는 인내심이 깊었다.

시시때때로 들고 일어나는 충동을 억눌러 참으며 영혼을 어르고 달래며 훈련에 매진했다.

그 와중에도 시우는 매일 아침마다 요리를 해 에리카의 집을 방문했고 이제는 에리카도 시우에게 마음을 연 듯했다.

어느 날 훈련이 끝나고 돌아오자 리나가 '쳇! 집은 잠만 자는 곳이냐.' 하며 의미를 알 수 없는 불평을 늘어놓았지만 다음날 리나가 시우의 훈련에 동참하는 것으로 문제는 해결된 것처럼 보였다.

시우는 아마 외로웠던 거겠지 하며 생각을 정리했다.

놀라운 사실은 리나가 시우의 훈련에 참가한 보름 만에 시우보다 먼저 영혼의 숭고한 목적을 찾고 출력과 통제력을 늘리는 것에 성공했다는 것이었다.

"도대체 비결이 뭐야?"

"묘인은 본능에 충실하냐. 영혼이 뭘 원하는지는 몰라도 내가 원하는 것은 잘 알고 있냐."

그러면서 리나는 시우의 품에 뛰어들어 손가락으로 시우의 가슴을 간질였다.

"체슈, 리나랑 기분 좋은 거 하냐? 체슈도 본능에 충실해지면 금방 강해질 지도 모르냐."

이제는 익숙해진 리나의 장난이었다.

오히려 소라가 시우보다 더 당황하며 사이에 끼어들어 제지했다.

"모든 사람들의 영혼이 본능에 충실해지는 것만으로 강해질 수 있다면 걱정은 없을 거예요. 체슈에게 그 방법은 통하지 않아요."

소라는 시우의 눈을 마주보며 강조했다.

"알겠어? 본능에 충실하다고 강해지는 건 아니야! 오히려 절대적인 이성의 통제 하에서만 강해지는 사람도 있다고. 이 야한 묘인이 이상한 거야! 그러니 쓸데없는 생각은 하지도 말라고! 알아들었어?"

시우는 소라의 사나운 기세에 당황해 저도 모르게 알았다고 고개를 끄덕여야만 했다.

그리고 시우는 생각을 정리했다. 리나의 말에서 힌트를 찾을 수 있었다.

시우는 지금까지 그 자신의 영혼을 별개의 존재로 생각하고 있었다.

원력을 다룬다는 것은 영혼을 지배하는 것.

지배하는 대상을 자기 자신을 동일시하기는 어려운 일이었기 때문이었다.

시우는 다시 눈을 감았다.

시우가 원하는 것, 그것은 뭘까.

그것은 이타적인 것도 아니었다. 자기애도 아니었다. 복수도, 분노도, 광기도 아니고 사랑도 아니었다.

그럼 시우가 원하는 것이란?

단지 사는 것이었다.

시우의 영혼이 원하는 것은 거창한 것이 아니다.

그저 평온한 삶을 사는 것.

시우의 뇌리로 하나의 이미지가 스쳐지나갔다.

그곳에는 시우가 음식을 나르고 있었고, 루리도 로이도, 세리카도 에리카도, 리네와 체실과 라이나도, 리나와 소라를 비롯한 모두가 모여 식사를 하고 있었다.

이것이 바로 시우가 바라는 것이었다.

그것을 깨닫는 순간 시우의 영혼이 크게 요동치기 시작
했다.

〈4권에서 계속〉